죽음을 그대의 팔베개 삼아

스티비 스미스의 시세계

죽음을 그대의 팔베개 삼아

스티비 스미스의 시세계

정영희 편역

평민사

차 례

I. 작품 및 작품 해설

Ⅱ. 스미스의 삶과 작품세계

스티비 스미스의 본래 이름은 플로렌스 마가렛
스티비 스미스(Florence Margaret Stevie Smith, 1902-1971)이다.
그녀는 영국의 시인으로서 모더니즘과 후기 모더니즘의 시대에
활동했다. 때로는 죽음과 자살에 탐닉하는 짙은 어둠이 깔린 고백
시, 때로는 재기 넘치는 재치와 해학으로 장난기 가득한 냉소와
풍자의 시를 구사한 그녀의 독특한 시는 당시의 주류였던 모더니
즘에서 벗어나 있어, 주변을 탐색하는 재미를 준다.

당시의 시적 규범을 뛰어넘는 상상력으로 그녀는 어떤 전통에
도 속하지 않는 시를 썼다. 그녀의 시는 전래동화와 전통설화, 낭
만적 이야기에 담긴 가정을 중시하는 가정이념과 남성의존적인
여성심상, 모더니즘 사조의 가부장적 남성중심주의와 형식적 권
위의 시, 무서운 지옥의 채찍을 휘두르며 달콤한 영생을 약속하는

기만적인 기독교 교리를 뒤집고 조롱하고 모사했다.

모더니즘 시대 때로 지나치게 가벼워 보였던 그녀의 시는 그녀의 시적 명성에 불리하게 작용하기도 했지만, 1990년대 이후 포스트모던 여성주의 비평가들에게 다시금 새롭게 조명받기 시작했다.

그녀는 여권주의(feminism)이란 말 자체를 싫어하고 여권의 깃발을 치켜세우는 여권주의자들을 우스꽝스럽게 여겼다. 하지만 그녀의 시는 여성주의적이었고, 당대의 지배담론이었던 가정이념을 거부했으며, 기독교의 독선적 교리에 대한 저항심으로 영국성공회를 떠나 무신론과 불가지론의 경계선에 머물렀다.

이와 비슷한 방식으로 그녀의 시는 인간에게 태초부터 행사되어온 죽음의 전통적인 권위, 즉 위협과 공포와 허무의 대상으로서의 죽음이라는 고정관념을 순식간에 무너뜨렸다. 그녀의 모든 시집은 죽음과 자살에 대한 시로 가득하다.

영국 가톨릭 신자였던 그녀가 삶의 절망과 소외로 인해 한평생 죽음에 탐닉하면서도 집요하고 강열한 자살 욕구를 억누를 수 있었던 것은, 한편으로는 자살을 죄악시하는 기독교의 교리[1] 때문이

---

1) 성 아우구스티누스(Augustinus)는 413-426년 사이에 기독교적 공동체 이론서인 『신국론』에서 중세교회의 도덕적 기초를 세웠다. 그는 모든 살인에 대해 모살(謀殺)이라는 이름으로 유죄판결을 내렸다. 자신을 죽인 인간도 모살을 한 것이므로 유죄이다. 그 사람은 자결(自決)한 것이 아니라 자신을 죽인 사람이다. 자살은 십계명을 어긴 것이며 자살한 사람은 주님의 나라에 대한 책임을 저버렸으므로 주님의 나라에 받아들여지지 않는다. 아우구스티누스는, 교인들

었고 다른 한편으로는 그녀의 독특한 죽음관 덕분이었다.

그녀의 시에서 죽음은 아집이 허물어지는 축복의 순간이며 자아의 닫힌 공간을 벗어나는 해방과 자유를 나타내고 있다. 그녀에겐 죽음만이 삶의 모순과 부조리와 소외를 벗어나 세계와 화해할 수 있는 영원한 '끝'(end)이었지만, 또한 죽음은 삶의 어려움을 버텨내고 살아남은 사람에게만 신이 내려주는 축복과 같은 것이었다. 죽을 수 있는 자격, 아니 죽음의 뜻을 파악할 수 있는 깨달음을 얻으려면 삶의 고통을 견뎌내는 정신적 성숙과정이 필요하다는 것이다.

필자가 스티비 스미스의 시에 끌린 이유 가운데 하나가 바로 그녀가 보여주고 있는 그녀만의 죽음관 때문이었다. 우리나라의 자살률은 세계 최고일 뿐만 아니라, 자살률이 세계 2위인 국가보다도 두 배 이상 더 높다고 한다.

이렇게 된 데에는 여러 가지 이유가 복합적으로 작용했겠지만, 초경쟁 사회에서의 압박감과, 남과의 비교에서 오는 상대적 박탈감과 패배주의적 허무감에 대한 손쉬운 도피처로 자살을 생각하는 것도 그 한 가지 이유라고 말할 수 있을 것이다.

스미스의 시를 읽는 독자들도, 그녀가 느끼고 있는 죽음과 삶과

이 초기 기독교의 한 종파였던 자살종파의 현혹에 빠지지 않게 하려고, 자살자를 '악마에 미친 자'라고 했다. 자살자는 모살죄보다 더 중범죄에 해당한다는 것이다. 사후까지 지속될 영원한 재앙이 자살자를 기다린다. 자살한 자는 축복받은 땅에 묻혀서는 안 된다. 자살자의 자살 동기는 교회의 엄중한 감찰 아래 거의 알려지지 않았다. 중세교회는 자살 가운데서도 자포자기의 자살을 가장 옳지 않은 것으로 보았다.

의 관계, 즉 죽음이 과연 삶의 끝으로서 삶과 떨어진 것인지, 아니면 삶과 이어진 순환적 과정으로 삶과 하나인지 곰곰이 생각해보았으면 하는 것이 필자의 바람이다. 이 책은 스티비 스미스의 시를 주제별로 나누어 시간 순으로 정리했다.

I
작품 및 작품 해설

1.
죽고 싶은 충동에
끝없이 빠져드는 자신을 이기다

1) 자살의 유혹에 빠져 죽음에 탐닉하다

> "나이가 들수록 사람들은 이렇게 되요. 으음, 말하자면 달
> 리기 경주 같아요. 폭포에 닿기 전, 물이 천천히 더 빨라지
> 고 있는 걸 느끼게 되고, 당신은 이제는 빠져나갈 수 없어
> 요. 그러면 당신이 원하는 것은 단지 어서 빨리 폭포에 닿
> 아서 그 너머로 나갔으면 하는 거죠. 얼마나 흥분되는 일
> 인지 몰라요. 도대체 왜 사람들은 나이 먹는 걸 불평하는
> 거죠?"

- 오직 한 사람에게만 다정하게(Tender Only to One)
- 아네모네 공주에 대해 이러쿵저러쿵 (Voices about the Princess Anemone)
- 험버 강(The River Humber)
- 오라, 죽음이여 1(Come, Death 1)
- 나는 왜 죽음을 친구라 생각하는가?(Why Do I Think of Death as a Friend?)
- 전갈(Scorpion)
- 오라, 죽음이여 2(Come, Death 2)

오직 한 사람에게만 다정하게

Tender Only to One

Tender only to one
오직 한 사람에게만 다정하게
Tender and true
다정하고 진실되게
The petals swing
꽃잎은 내가 손가락으로
To my fingering
건드리자 흔들거리며 흩어진다
Is it you, or you, or you?
너니? 아님 너니? 아니면 너야?

Tender only to one
오직 한 사람에게만 다정하게
I do no know his name
그이의 이름은 모르지만.
And the friends who fall
꽃잎의 부름에 넘어간
To the petals' call

친구들은 내 사랑이
May think my love to blame.
비난받아야 한다고 여길 수도 있겠지만.

Tender only to one
오직 한 사람에게만 다정하게
This petal holds a clue
이 꽃잎은 실마리를 품고 있지
The face it shows
그이의 얼굴을 보여주니까
But too well knows
그러나 내가 누구에게 다정한지도
Who I am tender to.
아주 잘 알고 있지.

Tender only to one,
오직 한 사람에게만 다정하게,
Last petal's latest breath
마지막 꽃잎의 최후의 숨길이
Cries out aloud
얼음같이 차가운 수의 뒤에서

From the icy shroud

크게 소리치네

His name, his name is Death.

그이 이름은, 그이의 이름은 죽음이야.

■ ■ ■   「오직 한 사람에게만 다정하게」는 여자아이들의 놀이, 데이지 꽃을 한 송이 따서 꽃잎을 하나씩 물 위에 띄어 던지다가 마지막 꽃잎을 던질 때, 수면에 미래의 연인의 얼굴 모습이 나타난다는 영국의 전통적인 놀이 노래를 시재로 삼았다.

그런데 이 시의 화자 '나'의 애인은 놀랍게도 죽음이다. 스티비 스미스에게 죽음이야말로 그녀의 부적합한 삶 속에서 가장 다정한 얼굴로 그녀를 위로해주는 애인이었던 것이다.

스미스가 삶을 두려워하고 죽음을 사랑했던 것은 그녀의 삶이 절망 위에 세운 고독과 소외의 삶이기 때문이었다. 어머니의 불행한 결혼생활을 보고 자란 그녀는 가부장제의 남성, 결혼, 가정생활에 대해 어두운 부정적 견해를 키웠다. 그 결과 결혼생활에 구속되길 거부하는, 독립적이면서 고독한 성격의 소유자가 된 스미스는 자신의 외로움을 벗어나게 해줄 수 있는 진정한 인간관계를 맺을 수가 없었다.

절망의 순간, 삶의 공포와 분노가 외로운 그녀에게 덤벼들면 그녀에게는 죽음이 친구라는 생각이 찾아들었고 밤마다 죽음이 그녀의 머리맡을 찾아왔다. 죽음은 그녀에게 있어 인간의 유한성에 대한 '사치스런' 고뇌의 원인이 아니라, 오히려 삶의 절망과 소외로부터 그녀를 구원해주는 최선의 피난처였다. 아주 어린 시절부터 그녀에게 죽음은 삶에 대한 두려움으로부터의 도피처였고, 달콤한 잠과 같은 휴식처였으며, 절망으로부터의 구원책이었다.

아네모네 공주에 대해 이러쿵저러쿵

Voices about the Princess Anemone

Underneath the tangled tree
엉킨 나무 아래
Lies the pale Anemone.
창백한 아네모네가 누워있다.

She was the first who ever wrote
그녀는 처음으로 두려움이란 말을 글자로 쓴
The word of fear, and tied it round her throat.
사람이었고, 그 글자를 자신의 목에 걸었다.

She ran into the forest wild
그녀는 야생 숲으로 달려가
there she lay and never smiled.
그곳에 눕더니 다시는 웃지 않았다.

And Sighing, Oh my word of fear
그리고는 탄식하며 말했다, 오! 두려움이라는 나의 글자여,
You shall be my only dear.

너만이 오직 하나뿐인 내 연인일지니.

They said she was a princess lost

사람들은 말했다, 그녀는 값으로 따질 수 없는

To an inheritance beyond all cost.

엄청난 유산 때문에 넋이 빠져버린 공주라고.

She feared too much they said, but she says, No,

사람들은 그녀가 지나치게 두려워한다고 말했지만 그녀
는 말한다,

My wealth is a golden reflection in the stream
below.

아닙니다, 내 재산은 저 아래 시냇물에 비친 나의 금빛 영
상입니다.

She bends her head, her hands dip in the water

그녀는 손을 물속에 살짝 담근 채, 머리를 숙인다

Fear is a band of gold on the King's daughter.

두려움은 왕녀가 목에 두른 금띠이다.

■■■　「아네모네 공주에 대해 이러쿵저러쿵」에서는 스미스의 삶에 대한 두려움이 곧바로 자신에 대한 사랑으로 빠지는 모습으로 이어진다. 아네모네 공주는 자신의 정체성을 지키기 위해서는 삶에 지나치게 뛰어들지 않아야 하기 때문에, 삶으로부터 안전거리를 유지하려 한다.

　아네모네 공주가 숲에서 자신과의 사랑에 빠져있는 모습은, 가부장적인 가정과 남성지배적인 사회와 사람들로부터 자아가 상처받을까 두려워, 주위에 마음의 담을 쌓고 살았던 스티비 스미스의 모습 그대로이다

험버강

The River Humber

No wonder
놀랄 것도 없지
The river Humber
험버강이
Lies in a silken slumber.
비단 같은 선잠에 빠져 누워있다고 해서.

For it is dawn
새벽이라 안개가
And over the newly warm
다시금 따뜻해진 지구 위로
Earth the mists turn,
돌아다니며,

Wrapping their gentle fringes
완벽한 잠의 완결된 심상을
Upon the river where it hinges
펼쳐 보이는 강 위에

Upon the perfect sleep of perfected images.
부드러운 제 가장자리 술 장식을 감싼다.

Quiet in the thought of its felicity,
지복의 상념 속에 고요한
A graven monument of sufficiency
충만감이 새겨진 기념비,
Beautiful in every line the river sleeps complacently.
선마다 다 고운 강은 만족감에 잠겨 잠든다.

And hardly the dawn distinguishes
새벽은 거의 분간을 못한다,
Where a miasma languishes
저 멀리 뻗어나간 물가의
Upon the waters' farther reaches.
어디쯤에서 늪의 독기가 기진맥진해지는지.

Lapped in the sleeping consciousness
가까운 진흙 둑 위에서
Of its waves' happiness
잠자는 파도의

Upon the mudbanks of its approaches,

행복감에 휘감겨

The river Humber

험버강은 다시금

Turns again to deeper slumber,

돌아누워 좀 더 깊은 졸음으로 빠져든다,

Deeper than deeps in joys without number.

끝없는 기쁨에 잠겨 심연보다 더 깊은 잠 속으로

■■■　「험버강」은 스티비 스미스의 죽음에 대한 병적인 탐닉을 보여준다. 잠은, 프로이드(Freud)에 의하면, 죽음에 대한 욕망으로 해석되기도 한다. 불면증과 정반대되는 지나치게 많은 잠은 사실은 현실도피의 한 증상으로서 불면증과 더불어 우울증의 특징 가운데 하나이다. 우울증환자들은 모든 일에 의욕과 자신이 없어지면서 힘든 현실에 맞서는 것이 두려워 잠으로 도피하는 것이다.

　험버강은 곧 스미스 자신이기도 해서 그녀는 현실을 떠난 잠 속에서 충만감과 지복과 만족과 끝없는 황홀감을 느끼지만 다른 한편으로는 강가 저 멀리 어딘가에 독기가 서려있음을 안다. 잠은 현실도피이고 현실도피는 결국 자기소멸의 과정을 예고하므로.

오라, 죽음이여 1
Come, Death 1

Why dost thou dally, Death, and tarry on the way?
죽음이여, 그대는 왜 오다말고 우물쭈물 하십니까?
When I have summoned thee with prayers and tears, why dost thou stay?
제가 기도하고 눈물 흘리며 부르는데 왜 머뭇거리십니까?
Come, Death, and carry now my soul away.
죽음이여, 어서 와서 제 영혼을 데려가 주십시오.

Wilt thou not come for calling, must I show
불러도 오지 않는 그대여, 제가 있는 대로 떼를 써야
Force to constrain thy quick attention to my woe?
얼른 저의 슬픔에 신경 쓰실는지요?
I have a hand upon thy Coat, and will
저는 그대의 외투를 한 손으로 꽉 붙잡고서,
Not let thee go.
절대로 그대를 놓아주지 않으오리다.

How foolish are the words of the old monks,

삶의 순간순간마다 죽음을 기억하라는

In Life remember Death.

옛 수도사들의 말은 얼마나 어리석습니까?

Who would forget

그 누가 잊을 수 있겠는지요,

Thou closer hangst on every finished breath?

우리가 숨을 한번 내쉴 때마다 우린 조금씩 더 죽음에 가까워지고
있음을?

How vain the work of Christianity

우리가 죽을 수밖에 없음을 용감하게 받아들이라는

To teach humanity

기독교의 가르침은

Courage in its mortality.

얼마나 헛됩니까?

Who would not rather die

신이 있거나 말거나

And quiet lie

사느니 차라리 죽어

Beneath the sod

뗏장 밑에

With or without a god?
고요히 누워있길 그 누가 원치 않겠습니까?

Foolish illusion, what has Life to give?
모두 어리석은 망상일 뿐이지요, 삶이 우리에게 무엇을
줄 수 있답니까?
Why should man more fear Death than fear to
live?
왜 사람들은 사는 걸 두려워 않고 죽음을 더 두려워하는
지요?

■ ■ ■　앞서 소개했던 「오직 한 사람에게만 다
정하게」에서 미래의 애인으로 나타났던 죽음은, 「오라, 죽음이여 1」
에서는 아무리 애타게 기다려도 오지 않는 애인으로 나타난다. 이 시
의 화자는, 왜 사람들은 사는 것보다 죽는 것을 더 무서워하는지
(Why should man more fear Death than fear to live?) 알 수 없
다고 한탄한다. 스미스의 삶에 대한 두려움은 여느 사람들의 죽음에
대한 두려움을 넘어서는 것이었다.

　이는 우울증의 특징 가운데 하나이다. 스티비 스미스의 전기에
의하면 스미스는 별안간 심한 우울 발작을 일으키곤 했다. 그녀의
수많은 시에 나타나는 자살 강박과 죽음 탐닉은 그녀가 한평생 우
울증에 시달렸음을 말해준다.

　그녀가 결혼을 위한 사랑을 거절하고 독신을 고집한 것은 어머
니의 불행한 결혼생활을 보고 자란 때문이기도 했지만 자신의 유
달리 약한 몸에 힘겨운 가사와 육아의 책임이 따르는 결혼생활을
피하기 위한 것이었다.

　다른 한편으로는 가부장제의 여성억압적인 가정생활로부터 한
인간으로서의 정체성을 지키기 위해서였다. 그녀는 일생동안 누
구도 책임지지 않고 누구에게도 상처받지 않는 자기보호적인 경
계지역을 삶의 주변부에 설정해놓고, 그 안에서만 살았던 삶의 방
관자라고 말할 수 있겠다.

　　내 시엔 삶에 대한 공포가 끔찍하게 많아요. 나는 삶을 사랑

해요. 삶을 숭배하지만 그건 단지 내가 삶의 가장자리에 무사히 잘 머무를 때만이에요. 나는 어떤 것에도 언질을 주지 않아요. 원하기만 하면 나는 언제라도 빠져나갈 수 있어요… 창피하지만 나는 그래요. 나는 죽음을 사랑해요. 죽음은 가장 신나는 일이죠… 얼마나 흥분되는 일인지요… 당신을 이 끔찍한 우울증에서 끌어낼 수 있는 것이 당신 손안에 있다는 것, 원하면 언제든지 끝장낼 수 있다는 생각이지요… 살아있다는 것은 적진에 들어가 있는 것 같기 때문이에요. (SS 162)

나는 왜 죽음을
친구라고 생각하는가?
Why Do I Think of Death as a Friend?

Why do I think of Death as a friend?
나는 왜 죽음을 친구라 생각하는가?
It is because he is a scatterer
그건 그가 흩뜨려 놓는 자이기 때문
He scatters the human frame
그가, 사람이라는 틀, 그 신경과민과
The nerviness and the great pain
지독한 고통을 산산이 흩어 버려,
Throws it on the fresh fresh air
신선하고 신선한 공중으로 던져버리니,
And now it is nowhere
이제 그것은 온데간데없다.
Only sweet Death does this
오직 달콤한 죽음만이 이렇게 할 수 있으니.

Sweet Death, kind Death,
달콤한 죽음, 친절한 죽음,
Of all the gods you are best.

모든 신 가운데 당신이 최고.

■ ■ ■　「나는 왜 죽음을 친구라고 생각하는 가?」에서 죽음은 고마운 신이자 가장 커다란 축복이다. 죽음으로 해서 우리 인간의 틀을 산산이 흩어버릴 수 있으므로. 스티비 스미스에게 죽음은 '자아 해체'로서 기독교와 불가지론과 무신론, 이 셋 사이를 오가는, 다소 경계선이 흔들리는 영역의 것이다.

그녀에게 죽음은 '모든 것의 끝'이지만 본질에 있어서 어떤 초월적 경지가 느껴지는, 넉넉한 경계선 위에 있다.

전갈

Scorpion

'This night shall thy soul be required of thee'
'오늘밤 그대에게 그대의 영혼이 청구될 것입니다'
My soul is never required of me
나한테 내 영혼이 청구된 적은 한 번도 없었는데
It always has to be somebody else of course
당연히 내 영혼의 주인은 언제나 내가 아니었으니까
Will my soul be required of me tonight perhaps?
어쩌면 오늘밤 누군가 내게 내 영혼을 청구할 것인가?

I often wonder what it will be like
나는 때로 궁금해진다, 영혼이 청구되면
To have one's soul required of one
도대체 어떤 느낌일까?
But all I can think of is the Out-Patients'
Department-
내가 기껏 상상해낼 수 있는 것은 외래병동에서의 한 장면,
'Are you Mrs Briggs, dear?'
'당신이 브릭스 부인이십니까?'

No, I am Scorpion.
아니요, 나는 전갈일 뿐예요.
I should like my soul to be required of me, so as
내게도 영혼이 청구되었으면,
To waft over grass till it comes to the blue sea
그래서 내 영혼이 풀밭을 떠돌다가 푸른 바다에 다다랐으면
I am very fond of grass, I always have been, but there must
나는 풀밭을 아주 좋아해, 언제나 좋아했지, 그렇지만 풀밭에는
Be no cow, person or house to be seen.
어떤 소도, 사람도, 집도 보이지 않아야 해.

Sea and grass must be quite empty
바다와 풀밭은 텅 비어있어야 해
Other souls can find somewhere else.
다른 영혼들은 다른 곳을 찾으라지.

O Lord God please come
오 주님 제발 오셔서
And require the soul of thy Scorpion
그대의 전갈에게 영혼을 청구하소서

Scorpion so wishes to be gone.

전갈은 세상 뜨기를 간절히 원하옵니다.

■■■　「전갈」에 나와 있듯이 스티비 스미스는 자신을 꼬리에 독침(sting)을 지닌 전갈로 생각했지만 사실, 말년의 그녀는 이 시에 나오는 지치고 환멸에 찬 브릭스 부인(Mrs. Brigs)같은 늙은 여자였다.

스미스는 외롭게 고립된 자신이 시를 씀으로써 피 흘리며 자아 밖으로 나갈 수 있는 것처럼, 죽음도 자아 밖으로 나갈 수 있는 길을 열어준다고 보았다.

스미스에게 자아는 사랑과 평화의 가장 커다란 적이고, 인간은 개체성이라는 감옥에서 죽음을 통해서 풀려날 수 있다. 죽음은 한 존재의 막다른 끝이지만, 자의식이라는 닫힌 벽이 무너져 육체와 자아로부터 해방된 상태인 것이다. 스미스는 욕망의 좌절로 겪는 괴로움으로부터 벗어나는 것뿐만 아니라 욕망의 충족으로 얻는 즐거움에도 매이지 않는 것이 감각과 자아로부터 해방되는 진정한 자유의 길임을 잘 알고 있었다.("난 죽음을 사랑해요, 죽음은 인간의 형상을 부수고 우릴 세상의 고통에서 뿐만 아니라 너무 오래 끌어온 쾌락으로부터도 자유롭게 해주니까요.") (MA 129) 「전갈」에서 "달콤한 무정부 상태의 초원"으로 표현된 죽음의 세계는 우리가 이생에서 애지중지하던 자기 몸의 감각과 자신의 생각과 마음을 벗어던진 세계이다

누구라도 진지하게 자기 자신의 죽음을 조금이라도 구체적으로 상상해본 적이 있다면, 죽음 자체의 특성 가운데에 평등성과 타애심이 있다는 것을 알 수 있을 것이다. 모든 것을 뒤에 남겨두고 세

상을 떠나야하는 죽음 앞에서 인간은 모두 평등해지고 이기적 자아로부터 자유로워져, 다른 이들에게 관대해질 수 있다. 설사 그가 무신론자라 해도 죽음을 눈앞에 두고 인간의 유한성을 생각해 보는 순간만큼은 자아, 자애, 자의식의 닫힌 공간에서 조금이라도, 잠시만이라도 벗어날 수 있다.

이 점에서 죽음은 사랑과 비슷한 자아 해방자이다. 그녀는, '달콤하고', '친절한' 죽음 속에서는 닫힌 자아의 벽이 허물어져서, 자아의 개별성에서 오는 신경과민적인 자의식과, 자아의 폐쇄성에 기인한 인간 사이의 의사불통에서 겪는 고통이, 정지되거나 끝날 수 있다고 보았다. 인간은 죽음으로써 작은 자아의 구속을 벗어난다는 점에서, 죽음 자체에 깨달음의 요소가 어느 정도 들어있다고 말할 수 있을 것이다.

스미스가 말하는 죽은 후의 자아해체 상태는 자아가 절대 신이나 세상만물과 완전한 조화나 공감을 이루는 종교적인 내세관과는 사뭇 다르다. 「전갈」에서는 그녀가 꿈꾸는 무(無)아 상태가 어렴풋이 나타나나 아쉽게도 의식이 확장된 상태는 보이지 않는다.

그녀에게 죽음의 세계는 자의식에서 해방되어 오로지 자연과 함께 하는 지점이다. 그녀의 죽음의 세계에는 아직 다른 이들과 하나 되는 큰 자아가 보이지 않고 단지 다른 이들에 대한 자의식에서 자유로워진 마음의 상태만이 존재한다. 다른 이들은 단지 그녀의 의식의 세계에서 사라질 뿐!

오라, 죽음이여 2
Come, Death 2

I feel ill. What can the matter be?
아프다. 무슨 일일까?
I'd ask God to have pity on me,
전에는 신이여, 제게 자비를 베푸소서라고 간청하곤 했다.
But I turn to the one I know, and say:
허나 지금은 내 아는 이에게로 몸을 돌려 말한다.
Come, Death, and carry me away.
죽음이여, 어서 오셔서 저를 데려가소서.

Ah me, sweet Death, you are the only god
오, 달콤한 죽음이여, 알다시피 그대는 부르면
Who comes as a servant when he is called, you know,
하인처럼 즉시 나타나는 오직 하나뿐인 신.
Listen then to this sound I make, it is sharp,
그러니 지금 내가 내는 이 소리, 날카로운 이 소리를 들으시면,
Come, Death. Do not be slow.
오시요 죽음이여, 늦지 마소서.

■ ■ ■ 「전갈」이 그녀가 죽기 한 해 전인 1970년에 쓰여진 시인데 반해서 「오라, 죽음이여 2」는 그녀가 죽은 해에 쓰여졌다. 그녀는 뇌종양을 앓으면서 1970년에는 말을 잘 구사하지 못하고 기절 직전까지 가는 발작 상태를 자주 겪다가, 1971년 3월 7일에 세상을 떠났다. 이 시는 죽기 몇 주 전에 쓴 시로 그녀의 장례식에서 처음으로 낭송되었다.

그녀의 죽음의 시들은, 죽음에 대한 기독교적인 또는 무신론적인 지배담론을 뒤집음으로써 죽음의 공포 위에 자리 잡은, 종교와 죽음의 권위를 무너뜨리고 있다. 태초부터 지금까지 인간에게 행사되어온 종교와 죽음의 권위를 보면, 죽음은 곧 소멸, 파멸, 위협, 공포, 허무, 더럽고 썩는 대상이라는 생각이 기본적으로 자리 잡고 있는데, 그녀의 자아해체 · 자아해방의 죽음관은 죽음의 권위와 이 위에 자리 잡은 종교의 권위마저 허물고 있다.

2) 죽을 자격을 원한다면 먼저 너 자신을 이겨야 해

"We are friends enough now for me to give you death"
("우리는 이제 네게 죽음을 선물할 만큼 친하지")

· 난 말 안할 테요 (I do not speak)
· 망각(Oblivion)
· 여왕과 젊은 공주(The Queen and the Young Princess)
· 죽을 자격을 얻으려고 애써라(Study to Deserve Death)
· 어떤 비교를 꿈꾸다(A Dream of Comparison)
· 외박허가증(Exeat)
· 자비의 집(A House of Mercy)

난 말 안할 테요

I do not Speak

I do not ask for mercy for understanding for
peace
난 자비도 이해도 평온도 요구하지 않을 테요
And in these heavy days I do not ask for release
이 힘겨운 나날에서 벗어나게 해 달라고 요구하지도 않
을 테요
I do not ask that suffering shall cease.
내 고통이 끝나게 해달라고 부탁하지도 않을 테요.

I do not pray to God to let me die
신에게 죽게 해달라고 빌지도 않을 테요,
To give an ear attentive to my cry
내 외침에 귀 기울여 달라고
To pause in his marching and not hurry by.
가는 길 멈추라고, 서두르다 지나치지 말라고도 않을 테요.

I do not ask for anything I do not speak
그 어떤 것도 부탁하지 않을 테요, 말하지 않을 테요

I do not question and I do not seek
묻지도 않을 테요, 구하지도 않을 테요
I used to in the day when I was weak.
마음 약했던 시절 그랬던 것처럼 말이요.

Now I am strong and lapped in sorrow
이제 난 강해서 슬픔에 휘감겨도
As in a coat of magic mail and borrow
마치 요술 갑각 외투를 입은 것 같아, 시간에게
From Time today and care not for tomorrow.
오늘만을 빌리고 내일에는 신경 안 쓸 테요.

■■■ 「난 말 안할 테요」는 자기연민에서 벗어나 냉정과 평상심을 되찾고, 과거의 슬픔이나 미래에 대한 걱정 때문에 죽음에 빠져들려는 우울감을 뿌리치며, 오늘을 헛되이 낭비하지 않는 지혜를 터득한 이의 노래이다.

그러나 그것은 긍정심에 빛나는 자유인의 각성한 태도라기보다 요술 외투를 잠깐 빌려 입은, 일시적이고 언제 뒤집힐지 모르는 불안한 상태이다. 그녀의 우울감은 이미 내면화 되어 마음 안에 숨어있으므로, 이 시의 평화는 일시적인 평화이다.

스티비의 자살욕구가 절망과 우울에 대한 반사적 반응에 머물지 않고 극기주의적인 인생관으로 발전되어 나갈 수 있었던 것은 그녀가 인간에게 자살선택권이 주어져있다는 사실, 즉 실존적인 인간의 자유의지를 깨달았기 때문이었다.

그녀의 강인한 태도는 놀랍게도 8살 때 그녀가 자살을 심각하게 생각하기 시작하면서부터 생겨났다. ("나는 8살 때 처음으로 자살을 생각했다. 그 생각은 놀랄 만큼 나를 기운나게 해주어 내 목숨을 구해주었다. 언제라도 세상에서 사라질 수 있다면 왜 꼭 지금이어야 하겠는가?," SS 17) 그녀는 몸이 심하게 아파서 5살 때부터 3년간 요양원과 집을 오가면서 생활했다.

적지에 홀로 내팽개쳐있는 듯한 두려움과 외로움을, 원하기만 하면 언제라도 자신의 의지로써 끝낼 수 있다는 생각은, 마치 몸에 항상 지니고 다니는 테러리스트의 자살용 청산가리처럼 그녀에게 큰 위로가 되었다. 자신이 삶과 죽음의 선택권을 쥐고 있으며 죽음으로써 삶과 맞서 싸울 수 있다는 인식은 그녀를 삶의 수동적 피해자로부터, 죽음이 제 발로 찾아올 때까지 삶을 꿋꿋하게 견디려 애쓰는 삶의 능동적 주체자로 변모시켰다.

망각

Oblivion

It was a human face in my oblivion
내가 망각에 빠져있을 때 어떤 얼굴,
A human being and a human voice
어떤 사람, 어떤 목소리가
That cried to me, Come back, come back, come
back.
내게 외쳤다, 돌아와, 돌아와, 돌아와.
But I would not, I said I would not come back.
그러나 나는 안 갈 것이다. 나는 돌아가지 않겠다고 말했
다.

It was so sweet in my oblivion
망각은 너무나 달콤했다
There was a sweet mist wrapped me round about
내 주변을 달콤한 안개가 감싸 안았다
And I trod in a sweet and milky sea, knee deep,
나는 달콤한 우윳빛 바다로 타박타박 걸어들어 갔다, 무
릎이 잠기고

That was so pretty and so beautiful, growing deeper.

점점 깊어질수록 바다는 더욱 더 아름다워졌다.

But still the voice cried out, Come back, come back,

그러나 여전히 그 목소리는 외쳤다, 돌아와, 돌아와,

Come back to me from sweet oblivion!

달콤한 망각을 떠나 내게 돌아와!

It was a human and related voice

그 목소리는 고통스러워 내게 외치는

That cried to me in pain. So I turned back.

나와 인연 있는 어떤 사람의 목소리였다. 그래서 나는 돌아섰다.

I cannot help but like Oblivion better

나는 사람의 심장을 가진 피조물로 존재하느니

Than being a human heart and human creature,

망각을 더 좋아하지 않을 수 없지만

But I can wait for her, her gentle mist

꾹 참고서 망각을, 그녀의 부드러운 안개를 기다릴 수 있 으니까.

And those sweet seas that deepen are my destiny

그리고 깊어지는 저 달콤한 파도, 저것은 나의 운명이니

And must come even if not soon.

반드시 내게 언젠가 돌아올 것이다, 지금 곧이 아니더라도.

■ ■ ■   「망각」에서 시의 화자는 죽음이라는 망
각의 세계, 그 부드러운 안개가 그녀를 끌어당기는 듯한 유혹에 빠져
헤어나지 못한다. 그러다가 그 유혹을 잠깐 밀쳐두고 삶과 산 자들의
목소리 쪽으로 돌아선다. 언젠가는 망각의 세계로, 죽음의 세계로 갈
수 있다는 희망을 품고서. 이렇게 화자가 죽음을 미루어 두는 자세,
죽음을 밀쳐내고 삶으로 돌아서는 자세를 통해 우리는 그녀의 삶과
죽음에 대한 각각의 의지가 단호함을 알 수 있다.

여왕과 젊은 공주

The Queen and the Young Princess

Mother, mother, let me go

엄마, 엄마, 날 보내줘요

There are so many things I wish to do.

나는 하고 싶은 게 아주 많거든요

My child, the time is not yet ripe

애야, 아직 때가 여물지 않았단다

You are not yet ready for life.

너는 아직 세상에 나가긴 이르단다

But what is my life that is to come to be?

허나 다가올 나의 삶은 어떤 것일까요?

Much the same, child, as it has been for me.

애야, 마찬가진단다, 나도 전에 그랬단다.

But Mother you often say you have a headache

엄마도 의무로 써야하는 왕관 때문에

Because of the crown you wear for duty's sake.

자주 머리가 아프다고 말하셨죠.

So it is, so it is, a headache I have

그래, 맞다, 맞아, 나는 머리가 아파

And that is what you must grow up to carry to the grave.

그리고 네가 어른이 되어서 무덤까지 지고 가야하는 것도 바로 그것이야.

But in between Mother do you not enjoy the pleasant weather

그렇지만 엄마도 그 사이사이에 상쾌한 날씨,

And to see the bluebottle and the soft feather?

수레국화꽃, 부드러운 깃털 지닌 새들을 즐기잖아요?

Ah my child, that joy you speak of must be a pleasure

오 내 자식아, 네가 말하는 즐거움은 물론 동물의 차원이 아닌

Of human stature, not the measure

인간의 차원의 즐거움이겠지,

Of animal's, who have no glorious duty

동물은 수행할 의무도, 두통도 없고

To perform, no headache and so cannot see beauty.

시각적 아름다움을 즐길 수도 없지

Up, child, up, embrace the headache and the

crown

애야, 힘을 내서 두통과 왕관을 끌어 안거라

Marred pleasure's best, shadow makes the sun strong.

조금 흠집이 있는 즐거움이 최고란다, 그림자가 해를 강하게 만들지.

■ ■ ■　「여왕과 젊은 공주」는 세네카의 극기주의가 잘 나타난 시이다. 스티비의 비관적 극기주의는 19세기 말의 영국 시인 하우스만(A. E. Houseman), 더 멀리는 로마시대의 세네카에 영향 받은 것이다.

두통이 따르는 왕관의 의무와 인간적 차원의 즐거움, 삶의 두려움을 견뎌내야 하는 산 자의 고통과 삶의 즐거움을 누리는 자의 쾌락, 이 둘은 항상 서로 함께 하는 상호보족적인 관계이다.

죽을 자격을 갖추려고 애써라
Study to Deserve Death

Study to deserve Death, they only may
죽을 자격을 갖추려고 애써라, 세상의 나날을
Who fought well upon their earthly day,
잘 싸워 버틴 이들만이 그럴진대
Who never sheathed their swords or ran away.
그들은 결코 칼을 칼집에 도로 넣거나 도망치지 않았다.

See, such a man as this now proudly stands,
보라, 그런 사람만이, 죽음의 손아귀에서 창백하지만
Pale in the clasp of Death, and to his hands
이제 자랑스럽게 서서, 칼을 죽음의 손에
Yields up the sword, but keeps the laurel bands.
건네주고는 월계수관을 지킨다.

Honour and emulate his warrior soul,
그의 전투정신을 존경하고 칭송하라,
For whom the sonorous death-bells toll;
누구를 위해 죽음의 종소리는 울려 퍼지는가?

He after journeying has reached his goal.
여행을 다 마친 그는 마침내 목표점에 이르렀느니.

Prate not to me of suicide,
전투에서 소심한 사람들이여,
Faint heart in battle, not for pride
자살에 대해 내게 좋알거리지 말라, 내가
I say Endure, but that such end denied
견뎌내라고 말하는 것은 자존심 때문이 아니라,
Makes welcomer yet the death that's to be died.
자살을 거부함으로써 다가올 자연사를 더 환영받게 하기
위함이니.

■■■　　스티비의 비관적 극기주의는 「죽을 자격을 갖추려고 애써라」에서 더욱 더 강렬하게 묘사되어서, 죽음의 유혹과 맞서 싸우는 극기적인 삶의 자세가 감동적인 심상으로 그려져 있다.

이 시의 화자에게서 보듯 스미스는 더 이상 죽음의 편안함을 탐하지 않고, 삶의 고통을 참아내려는 인고의 자세를 취하려 애썼다. 극기적인 삶의 자세를 취하면서 삶의 주인이 된 그녀는 언젠가는 삶을 접을 수 있다는 생각으로 삶의 고통을 견뎌내었다.

그녀에게는 죽음이야말로 힘든 삶을 버티고 성숙한 노년에 이를 수 있는 원동력이었다. 자살로써 힘든 삶을 끝낼 수 있는데도 스스로 삶을 선택했다는 자각은 자기 연민을 떨쳐버리고, 돈 주앙이 말했듯, 삶의 어려움에 대해 '전사처럼 적극적으로' 대처할 수 있도록 도와주었다.

삶에서 상처받아 위안과 사랑이 필요할 때마다 그녀는 죽음에게 달려가 힘과 위안을 얻었다. 죽음은 그녀의 비상식량이며, 구원이며, 삶의 고통을 잊기 위한 피난처였다.

어떤 비교를 꿈꾸다

A Dream of Comparison

After reading Book Ten of 'Paradise Lost'

「잃어버린 낙원」 제10권을 읽고나서

Two ladies walked on the soft green grass

두 귀부인이 바닷가 강둑 위의

On the bank of a river by the sea

부드러운 초록빛 잔디 위를 함께 걸었다

And one was Mary and the other Eve

한 사람은 메리, 다른 이는 이브였다,

And they talked philosophically.

두 사람은 철학적인 얘기를 나누었다

'Oh to be Nothing,' said Eve, 'oh for a

이브가 말했다. '오, 무(無)가 된다는 것, 더 이상

Cessation of consciousness

여러 가지 경험에서 받은 인상이

With no more impressions beating in

고동치지 않고 의식이

Of various experiences.'

정지하기 위해'

'How can Something envisage Nothing?' said Mary,

'어떻게 한 존재가 무(無)가 되기를 꾀할 수 있나요?' 메리는 말했다,
'Where's your philosophy gone '
'당신의 철학은 어디로 갔나요?'
'Storm back through the gates of Birth,' cried Eve,
이브는 외쳤다, '탄생의 문을 뚫고 뛰어 돌아가라,
'Where were you before you were born?'
'태어나기 전 당신은 어디에 있었는가?'

Mary laughed: 'I love Life,
메리는 웃었다, '난 삶을 사랑해요,
I would fight to the death for it,
나는 삶을 위해 죽도록 싸울 거예요
That's a feeling you say? I will find
삶은 단지 느낌이라고 당신은 말하겠죠? 난 삶에 대한
A reason for it.'
이성을 찾아내고야 말 거예요.

They walked by the estuary,
이브와 성모마리아, 그들은
Eve and the Virgin Mary,
강어귀를 걸었고

And they talked until nightfall,
땅거미가 내릴 때까지 얘기했지만,
But the difference between them was radical.
두 사람의 의견의 차이는 너무 근원적인 것이었다.

■■■　「어떤 비교를 꿈꾸다」는 서양문화의 '죽음과 삶의 이분법적 사고'의 틀 안에서 삶을 칭송하는 성모마리아와, 죽음 즉 존재 없음을 원하는 이브와의 논쟁을 그리고 있다.

스티비 스미스는 '반(反)기독교'인의 입장 혹은 불가지론자의 입장[2]에서, 죽음을 자아의 사라짐이나 의식으로부터의 해방이라고 파악했다. 죽음은 그저 생명의 끝이지만 죽은 후 인간의 자아는 해체되어 의식으로부터 해방된다는 그녀의 죽음관은 무신론자와 종교인의 경계선에 서 있다고 볼 수 있다. 왜냐하면 이 시에서 보듯이 그녀는 죽음의 최종성에도 불구하고 죽는 순간 의식과 감각으로부터 해방되는 초월성에 초점을 맞추고 있으므로.[3]

---

2) 그녀는 죽음의 불가사의성에 대한 드라이든(Dryden)의 시구 "죽은 후 뭔가 있든지 없든지(無)"("That something, or that nothing, after death")를 자주 인용했다(SS 242)

3) 스티비 스미스의 죽음관은 포우이스 (J. C. Powys)의 『문학의 즐거움』에 영향받았다고 스폴딩은 주장한다. 포우이스의 휘트먼 평에는 죽음과 사랑은 자아를 초월하는 힘을 가지고 있고, 죽음과 사랑이 힘을 합치면 천박하고 어리석은 세계보다 강하다는 글이 들어있다.

외박허가증

Exeat

I remember the Roman Emperor, one of the
cruelest of them,

로마황제들 가운데 가장 잔인한 황제 가운데 하나로, 즐
거움을 얻으려

Who used to visit for pleasure his poor prisoners
cramped in dungeons,

지하감옥에 꺽쇠로 죄어놓은 불쌍한 죄수들을 보러가곤
했던 이가 기억난다.

So then they would beg him for death, and then
he would say:

그때 그들이 그에게 제발 죽여 달라고 빌면 그는 이렇게
말하곤 했단다.

Oh no, oh no, we are not yet friends enough.

오, 아니야, 안 돼, 우리는 아직 그럴만한 사이가 아니야.

He meant they were not yet friends enough for
him to give them death.

그들은 아직, 그가 죽음을 선사할 만큼 그와 친한 친구가
안됐다는 뜻이다.

So I fancy my Muse says, when I wish to die:

그래서 나도 공상에 잠긴다. 내가 죽기를 소망할 때 나의 뮤즈 여신이,

Oh no, Oh no, we are not yet friends enough,

오, 아니야, 안 돼, 우리는 아직 그럴 만큼 친하지 않아, 라고 말하고

And Virtue also says:

미덕도 역시 같은 말을 한다.

We are not yet friends enough.

우리는 아직 그럴만한 친구사이가 아니야.

How can a poet commit suicide

그러니 어떻게 시인이 자살을 할 수 있겠나?

When he is still not listening properly to his Muse,

그가 시의 여신이나 미덕 애호가의 말을

Or a lover of Virtue when

여전히 제대로 귀담아 듣지 않으니,

He is always putting her off until tomorrow?

그가 언제나 내일, 내일 하며 그들을 밀쳐내니.

Yet a time may come when a poet or any person

그러나 언젠가 시인이나 어떤 누군가가 오래도록 살아
Having a long life behind him, pleasure and
sorrow,
기쁨도 슬픔도 다 맛본 후에
But feeble now and expensive to his country
이제 약해져서 조국에는 짐이 되고
And on the point of no longer being able to make
a decision
혼자서는 더 이상 어떤 결정도 내릴 수 없는 지경에서,
May fancy Life comes to him with love and says:
삶이 그에게 다정하게 다가와 이렇게 말하는 것을 공상
해볼 때가 오리라.

We are friends enough now for me to give you
death;
우리는 이제 네게 죽음을 선물할 만큼 친하지 라고.
Then he may commit suicide, then
그러면 그는 자살할 수 있어, 이제
He may go.
그는 떠날 수 있어.

■ ■ ■　「외박허가증」에 나타난 죽음은 더 이상 삶으로부터의 도피처가 아니라 삶의 고통에 의해 정신적으로 성숙해진 사람만이 받는, 군인의 포상휴가와도 같은 선물이다. 시의 여신의 도움으로 시를 쓰는 노고를 충분히 겪은 시인, 미덕을 충분히 쌓아놓은 성숙한 인간이 되면 그때서야 비로소 그는 세상을 떠날 수 있고, 죽음의 휴가를 얻어 죽음을 즐길 수 있다.

자비의 집

A House of Mercy

It was a house of female habitation,
그 집은 여성 전용 거주지였다.
Two ladies fair inhabited the house,
사랑스러운 두 숙녀가 그 집에 거주했고
And they were brave. For although Fear knocked
loud
그들은 용감했다. 두려움이 문을 세게
Upon the door, and said he must come in,
두드리며 아무리 집안으로 들어가겠노라고 말해도
They did not let him in.
그들은 그를 들여놓지 않았다.

There were also feeble babes, two girls,
연약한 아기들, S 부인이 그녀의 남편으로 해서 낳은
That Mrs S. had by her husband had,
두 여자아기들도 있었다.
He soon left them and went away to sea,
그녀의 남편은 얼마 안돼 가족을 떠나 바다로 가버렸고,

Nor sent them money, nor came home again
그들에게 다시는 돈을 보내지도, 집에 돌아오지도 않았다.
Except to borrow back
단지 S 부인에게 나오는 해군장교 부인수당을
Her Naval Officer's Wife's Allowance from Mrs S.
도로 빌려갈 때만 찾아왔는데, 그녀는
Who gave it him at once, she thought she should.
즉시 돌려주었다, 그래야만 한다고 생각했으므로.

There was also the ladies' aunt
또한 숙녀들의 이모면서
And babes's great aunt, a Mrs Martha Hearn Clode,
아기들의 이모할머니인 마르타 허언 클로드도 있었는데
And she was elderly.
그녀가 최연장자였다.
These ladies put their money all together
이 모든 숙녀들이 돈을 다 합쳐서
And so we lived.
우리들은 함께 살았다.

I was the younger of the feeble babes

나는 두 연약한 아기 가운데 더 어린 쪽이었다
And when I was a child my mother died
내 어렸을 때 어머니 돌아가시고
And later Great Aunt Martha Hearn Clode died
얼마 후 이모할머니 마르타 허언 클로드도 돌아가시고
And later still my sister went away.
그 후 내 언니도 떠나버렸다.

Now I am old I tend my mother's sister
나 이제 늙어 우리 엄마의 언니,
The noble aunt who so long tended us,
우리를 그리 오래 돌봐주신 고귀한 이모님을 돌본다
Faithful and True her name is. Tranquil.
그녀의 이름은 충직과 진실, 고요이며
Also Sardonic. And I tend the house.
냉소이기도 하다. 또 나는 집을 돌본다.

It is a house of female habitation
그것은 여성 전용의 집,
A house of aristocratic mould that looks apart
눈물이 떨어질 땐 산산조각 나 보이지만

When tears fall; counts despair

절망을 하잘 것 없는 것으로 여기는 귀족적 성격의

Derisory. Yet it has kept us well. For all its faults,

집. 그래도 우리를 잘 지켜주어 왔다. 만약 엄격함과

If they are faults, of sternness and reserve,

조심성이 결점이라면, 그 모든 결점에도 불구하고,

It is a Being of warmth I think; at heart

그 집은 내 생각에는 따뜻함 그 자체이며; 속마음은

A house of mercy.

자비의 집

■ ■ ■　「자비의 집」은 마치 동화와 우화를 합친 것 같은 시이다. 대부분의 스미스의 시가 그렇듯이 자전적인 내용으로 그녀가 중시하는 미덕을 잘 보여준다.

그녀에게는 호랑이 이모가 수호천사이자, 경제적으로 힘든 삶 속에서도 절망을 무시하며 세상살이의 두려움과 맞서는 용기, 충직, 진실의 상징이었다.

그녀는 고요하지만 냉소적이고, 삶의 위험성 앞에서 엄격성과 신중함을 방패삼아 살아가지만 마음은 한없이 자비로운 이모를 숭배했다. 이 시에는 그녀의 극기주의가 잘 구현되어 있다.

2.
도무지 말이 안 통해

"우리네 인생에서도 마찬가지지요. 많은 사람들이 살면서
맘이 편치 않아 일부러 농담도 많이 하고 웃고, 그래서 다
른 이들이 그 사람들 참 멋있고 아주 괜찮은 사람들이라고
생각하게 하지만, 때때로 그 용감한 허세가 무너지면 그땐
이 시에 나온, 그 불쌍한 사람처럼 그들은 다 파멸이지요"

· 손을 흔든 게 아니라 허우적거린 거야(Not Waving But Drowning)
· 아이 업고 가기(To Carry the Child)
· 안녕히 주무세요(Goodnight)

손을 흔든 게 아니라
허우적거린 거야
Not Waving but Drowning

Nobody heard him, the dead man,
아무도 그의 말을 못 들었다, 그 죽은 자의 말을,
But still he lay moaning:
허나 그는 여전히 신음하며 누워있었다:
I was much further out than you thought
나는 너희가 생각하는 것보다 훨씬 멀리 헤엄쳐 나갔고
And not waving but drowning.
손을 흔든 게 아니라 허우적거렸던 거야.

Poor chap, he always loved larking
불쌍한 녀석, 그 녀석 언제나 노래하길 좋아했는데
And now he's dead
이제 죽었군.
It must have been too cold for him his heart gave
way,
너무 추워서 심장이 멈춰버린 게 틀림없어,
They said.
그들은 말했다.

Oh, no no no, it was too cold always

오, 아냐 아냐 그런 게 아냐, 나는 언제나 너무 추웠어

(Still the dead one lay moaning)

(여전히 죽은 자는 신음하며 누워있었다)

I was much too far out all my life

나는 언제나 너무 멀리 갔고

and not waving but drowning.

한평생 손을 흔든 게 아니라 허우적거렸던 거야.

■■■　「손을 흔든 게 아니라 허우적거린 거야」에서 시의 화자는 살아있을 때도 항상 소외와 외로움에 시달렸으며, 최후의 죽음의 순간에도 그의 절박한 몸짓과 절규를 친구들에게 이해 받지 못한 채 죽어간다.

이 시는 남성화자의 시체와 시체를 둘러싼 친구들이 서로 상대방의 말소리를 듣지 못하고 자기 말만 하는 방백체로 전개되어, 인간관계의 단절과 오해를 강조한다. 친구들은 '그들'로 표현되어 있어서, 마치 그리스 비극의 합창처럼 '세상 사람들'의 관점을 제시한다.

친구들이 그가 물속에서 허우적거린 것을 손을 흔들어 인사하는 것으로 잘못 알아 그를 죽도록 내버려두었다는 내용은 무척 충격적이다. 더군다나 살아있을 때에도 그가 항상 친구들의 사랑과 이해를 간절히 원했었다는 것은 더더욱 안타깝고 가슴 아픈 일이다.

친구들은 "그 녀석 언제나 노래하길 좋아했지"라고 말하지만, 그 노래는 사실 잘 지내는 듯 가장한 겉모습 속에 숨겨진 절망의 신음소리였다. 빅토리아 시대에 생의 초기를 살았던 스티비 스미스는, 소외감과 열등감과 외로움 속에서 스스로도 자신의 재능에 불안해 했던 많은 빅토리아 시대의 여성 작가들 가운데 하나였다. 그런데 이 시의 삽화에 의해 이루어지는 또 하나의 충격적인 반전이 우리를 기다리고 있다.

이 시에서 시의 삽화는 시의 비극적인 의미를 흔들어 놓는다. 삽화 그리기는 그녀가 고독과 우울함과 절망감을 달래기 위해 그린 일종의 놀이였다. 스미스의 낙서에 가까운 그림(doodle)은 마치 여자아이가 그린 인형 그림처럼 유치하고 우스꽝스러워, 출판사들은 시의 진지성과 격을 떨어뜨린다고 강력하게 삭제하기를 요구했다.

그러나 시의 삽화는 스미스가 삽화 없이는 출판을 거부했을 정도로 고집했던, 시에서 떼어낼 수 없는 중요한 부분이다. 스미스는 보통 시집을 출판하기 직전에 평소에 그려놓았던 여러 그림들 가운데, 시의 사건이 아니라 시의 정신이나 생각에 맞는 삽화를 골랐다고 한다.

이 시의 화자는 죽은 남자인데, 시의 삽화에는 허리까지밖에 안 오는 물속에 서서 얼굴을 뒤덮은 긴 머리카락 사이로 앞을 보는 한 여자가 서 있다.

스미스의 의도가 무엇이건 간에 이 삽화는 시의 언어가 우리에게 전달하는 비극적인 충격을 완화하거나 혼돈 시킨다. 삽화의 여자는 독자를 쳐다보며 "내가 죽은 줄 알지만 난 인간의 불가피한 고독과 소외 속에서 고독과 소외를 즐기며 꿋꿋이 잘 살아가고 있어"라고 말하며 조롱하는 듯, 장난하는 듯 태연자약하게 서 있다.

가벼우면서도 신랄한, 시의 어조가 화자의 절망을 더해주는 것처럼, 시의 삽화는 시의 내용과의 부조화로 인해 시의 비극적인 의미를 흔들면서도 더욱 절감하게 한다. 그러면서도 시의 화자와 삽화 사이에 성별과 생사가 뒤집힌 것은 독자를 화자의 절망에 푹 빠질 수 없게 객관화 시킨다.

아이 업고 가기

To Carry the Child

To carry the child into adult life
어린이다움을 어른이 되어서도 지니는 것이
Is good? I say it is not
좋은 일일까요? 나는 아니라고 봐요
To carry the child into adult life
어린이다움을 어른이 되어도 지니는 것은
Is to be handicapped.
불리한 장애를 걸머진 거죠.

The child in adult life is defenceless
어른의 삶에서 어린이다움은 무방비상태를 뜻하죠
And if he is grown-up, knows it,
아이가 어른이 되면 그것을 알게 되고
And the grown-up looks at the childish part
어른이 된 그는 어린 시절을 바라보며
And despises it.
경멸하죠.

The child, too, despises the clever grown-up,
아이도 영리한 어른을 경멸하죠,
The man-of-the-world, the frozen,
세상일에 밝으나 감정은 얼어붙은 어른을.
For the child has the tears alive on his cheek
아이의 볼에는 눈물이 살아있지만
And the man has none of them.
어른에게는 그런 거 없으니까요.

As the child has colours, and the man sees no
아이에게는 홍조가 있지만 어른은 단지
Colours or anything,
지성에 관한 일에서만 편안해 하고
Being easy only in things of the mind,
어떤 홍조 비스름한 것도 알아채지 못하죠.
The child is easy in feeling.
아이는 느끼는 일에 편안해 하죠.

Easy in feeling, easily excessive
자유롭게 느끼고, 쉽게 넘치고
And in excess powerful,

넘치면 강력해지죠,

For instance, if you do not speak to the child

예를 들어, 자신 안의 아이에게 말을 걸지 않으면

He will make trouble.

아이는 말썽을 일으킬 거예요.

You would say a man had the upper hand

만약 어린이다운 면이 살아남는다 해도

Of the child, if a child survive,

당신은 어른스러움이 어린이다움보다 한 수 위라고 말하

겠죠.

I say the child has fingers of strength

난 말하죠, 어린이다움은 어른스러움을 산 채로

To strangle the man alive.

목 졸라 죽일만한 힘센 손가락을 갖고 있다고.

Or it is not happy, it is never happy,

아, 그건 행복하지 않아요, 절대로 행복하지 않죠,

To carry the child into adulthood,

어린이다움을 성년기에도 지닌다는 것은.

Let children lie down before full growth

아이들이 다 자라기 전, 유아기에

And die in their infanthood
드러누워 죽게 하소서
And be guilty of no man's blood.
어떤 사람의 피에도 죄지은 바 없이.

But oh the poor child, the poor child, what can he do,
그렇지만 오, 불쌍한 아이, 불쌍한 아이, 그가 무엇을 할 수 있을까?
Trapped in a grown-up carapace,
다 자란 등딱지 덫에 걸려
But peer outside of his prison room
오로지 감방에서 무정부주의자의 눈으로
With the eye of an anarchist?
밖을 뚫어지게 내다보는 것 말고는.

■ ■ ■   어른이 되어서도 운 좋게 살아남은 자
신 안의 어린이에게 계속 말을 건다는 것은, 즉, 어린이다움을 유지
한다는 것은, 시인이 아닌 사람에게서는 힘든 일일 테고, 더구나 그
것이 지나치면 참으로 세상에서 살아가기 힘들 것이다.

「아이 업고 가기」에서 스미스는 세상과의 의사소통의 어려움
을, 자아의 감옥에 갇혀 무정부주의자의 눈으로 세상을 바라보는
것이라 비유한다.

안녕히 주무세요
Goodnight

Miriam and Horlick spend a great deal of time putting off
going to bed.
미리암과 호르릭은 잠자리에 드는 것을 엄청 미루고 있네,
This is the thought that came to me in my bedroom where
they both were, and she said:
이런 생각이 두 사람이 내 침실에 있을 때 내게 떠올랐어요.
미리암은 말했죠,
Horlick, look at Tuggers, he is getting quite excited in his
head.
호르릭! 튜거즈 좀 봐, 무척 흥분하고 있어.
Tuggers was the dog. And he was getting excited. So.
튜거즈는 개의 이름이었죠. 개는 흥분하고 있었어요, 무척이나.
Miriam had taken her stockings off and you know
그녀는 스타킹을 벗고 있었는데 음,
Tuggers was getting excited licking her legs, slow, slow.
튜거즈가 그녀의 다리를 천천히 핥으며 달아오르고 있는 거예요.

It's funny Tuggers should be so enthusiastic, said Horlick

nastily,

튜거즈가 저렇게나 열정적이라니 웃기네, 호르릭은 메스
껍다는 듯 말했어요,

It must be nice to be able to get so excited about
nothing really,

아무것도 아닌 거 갖고 저렇게 달아오를 수 있다니 정말
대단해,

Try a little higher up old chap, you' re are acting
puppily.

녀석, 좀 더 높이 올라가 보지 그래, 너 정말 애기처럼 구
는구나.

I yawned. Miriam and Holick said Goodnight

나는 하품이 나왔어요. 그랬더니 미리암과 홀릭은, 안녕
히 주무세요

And went. It was 2 o' clock and Miriam was quite
white

말하고는 나갔죠. 그때가 밤 두 시였는데 미리암은 슬픔
으로 아주

With sorrow. Very well then, Goodnight.

창백했어요. 그래 그럼 잘 자.

■ ■ ■　「안녕히 주무세요」에서는 부부 사이의
관계단절이, 부부 사이의 직접 대화가 아닌, 개를 주제로 한 세 사람
들 사이의 직·간접 대화로 극화되어 있다. 남편의 아내와의 잠자리
에 대한 평, "아무것도 아닌 것"이라는 잔인한 표현 때문에 아내의 마
음은 칼로 베인 듯 아프다.

3.
여자에게도
인권이란 게 있단다

"Oh why not? tell all, speak, speak, Silence is vanity,
speak for the whole truth's sake.
그러더니 다시 노래했다. "왜 안 되죠? 말해요, 모두에게
말해요, 말해 봐요,
침묵은 허영이니, 진실 그 자체를 위해서 말해요."

· 내 모자(My Hat)
· 귀공녀 롤랑딘 (Childe Rolandine)
· 개구리 왕자(The Frog Prince)

내 모자

My Hat

Mother said if I wore this hat
엄마는 말했지 내가 이 모자를 쓰면
I should be certain to get off with the right sort of chap
제대로 된 녀석의 마음을 꽉 잡을 수 있다고
Well look where I am now, on a desert island
자 봐요, 내가 지금 어디 있는지
With so far as I can see no one at all on hand
가까이에 전혀 아무도 없는 사막 섬 한가운데 있는 걸
I know what has happened though I suppose Mother
wouldn't see
나는 알아요 무슨 일이 일어났는지 허나 추측컨대 엄마는 알 수 없
을 거예요
This hat being so strong has completely run away with me
이 모자는 아주 강력해서 나와 함께 완벽하게 도망쳤죠
I had the feeling it was beginning to happen the moment I
put it on
내가 모자를 쓰는 순간 내게는 뭔 일이 일어날 거라는 느낌이 있었
어요

What a moment that was as I rose up, I rose up like a flying swan

내가 일어나는 순간 나는 마치 날아가는 백조처럼 강력하게 위로 올라갔죠

As strong as a swan too, why see how far my hat has flown me away

내 모자가 나를 얼마나 멀리 날려 보냈는지 한번 보아요

It took us a night to come and then a night and a day

우리가 여기 오는 데는 한밤 그리고 한나절이 걸렸죠

And all the time the swan wing in my hat waved beautifully

줄곧 내 모자 속 백조날개는 아름답게 파도쳤죠

Ah, I thought, How this hat becomes me.

아, 나는 생각했죠, 이 모자가 얼마나 내게 어울리는지

First the sea was dark but then it was pale blue

바다는 처음에는 어두웠지만 곧 창백한 푸른빛이 되었죠

And still the wing beat and we flew and we flew

여전히 모자가 날개 치고 우리는 날고 또 날았죠

A night and a day and a night, and by the old right way

한밤하고도 또 하루 후 해와 달 사이의 옛 길을 제대로 따라서

Between the sun and the moon we flew until morning day.

우리는 아침이 될 때까지 날라갔죠

It is always early morning here on this peculiar island

이 특별난 섬에서는 언제나 이른 아침 여기,

The green grass grows into the sea on the dipping land

물에 살짝 잠기는 땅 위에서 초록빛 풀이 바닷물에 잠기죠

Am I glad I am here? Yes, well, I am,

여기 있는 것이 즐거우냐고요? 음~ 그렇죠,

It's nice to be rid of Father, Mother and the young man

아버지, 어머니, 또 그 젊은이가 없어지니 정말 좋아요,

There's just one thing causes me a twinge of pain,

날 욱신욱신 괴롭히는 것은 딱 하나,

If I take my hat off, shall I find myself home again?

만약 내가 모자를 벗으면 다시 집에 돌아가지나 않을까 하는 걱정,

So in this early morning land I always wear my hat

그래서 이 이른 아침에도 나는 언제나 모자를 쓰죠

Go home, you see, well I wouldn't run a risk like that.

알겠지만, 나는 집으로 돌아갈 위험 부담을 무릅쓰는 일은 안할 거예요.

■■■　「내 모자」는 스미스가, 여성의 자아가 박탈되는 가부장제의 가정과 결혼을 거부하고 있음을 잘 보여준다. 이 시에서 가부장제 사회의 가정과 결혼에 대한 거부는, 모자를 쓰는 축제로 비유된다. 결혼에 대한 어머니의 조언, 즉 모자를 쓰라는 것은 전통적인 여성상, 즉 외모로 결혼을 사서 오직 결혼생활, 즉 남편 내조와 자녀양육과 살림에 삶의 목적을 두는 여성이 되라는 것이었다. 허나 어머니의 충고대로 모자를 씀으로써 딸은 가정과 결혼을 동시에 벗어나게 된다. 즉, 이 시에서 모자는 버려야 할 수동적인 여성성이 아니라 지켜야 할 주체적인 여성성의 상징으로 승화된다.

모자라는 은유를 통해서 스미스는 전통적인 여성적 특질과 감수성(스미스의 여러 시에서 때로는 폐쇄적인 자애로 나타나긴 하지만)을 긍정하면서도, 동시에 여성을 억압하는 가부장제의 남성으로부터 여성의 독자적인 영역을 보호하려 한다.

시의 화자는 외로우나 자유로운 독신생활이, 독립된 삶을 원하는 자신에게, 결혼생활보다 더 잘 어울린다는 것을("Ah, I thought, How this hat becomes me") 잘 안다. 당시의 결혼생활은 가정과 모성이라는 명분으로 여성에게 자아의 표현과 자아의 성장을 금지했기 때문이었다.

스미스의 시 곳곳에는 어른과 가부장제와 제도종교의 권위에 저항하고 사회관습을 조롱하며, 부모가 아이들에게, 선생이 학생에게, 남편이 아내에게, 교회가 신자들에게 강요하는 규범과 의무를 거부하는, 축제적 전복의 놀이성이 스며있다.

귀공녀 롤랑딘

Childe Rolandine

Dark was the day for Childe Rolandine the artist

비서이자 타자수로 일하러 다니던 시절

When she went to work as a secretary-typist

화가 귀공녀 롤랑딘에게 낮은 음울했다

And as she worked she sang this song

그녀는 근무하면서, 압제와 불의의 지배에

Against oppression and the rule of wrong:

저항하는 노래를 불렀다.

It is the privilege of the rich

"가난한 사람들의 시간을 낭비하는 것은,

To waste the time of the poor

그들이 남몰래 흘리는 눈물로 나무에 물을 주는 것은,

To water with tears in secret

돈 많은 사람들의 특권이랍니다.

A tree that grows in secret

나무가 남몰래 자라

That bears fruit in secret

남몰래 열매 맺으면

That ripened falls to the ground in secret

열매는 남몰래 익은 후 땅에 떨어져

And manures the parent tree

부모 나무에 거름이 되죠.

Oh the wicked tree of hatred and the secret

오, 사악한 증오와 비밀의 나무여,

The sap rising and the tears falling.

수액은 올라가고 눈물은 떨어지네."

Likely also, sang the Childe, my soul will fry in hell

귀공녀는 또 이렇게 노래했다. "아마도 내 영혼은 이 증오 때문에

Because of this hatred, while in heaven my employer does well

지옥에서 불탈 겁니다, 그동안 내 고용주는 천국에서 잘 지내겠죠.

And why should he not, exacerbating though he be but generous

왜 안 그렇겠어요? 그가 비록 나를 화나게는 하지만 그는

관대하니까요

Is it his fault I must work at a work that is tedious?

내가 지겨운 일 하는 게 그의 잘못일까요?

Oh heaven sweet heaven keep my thoughts in their night den

오 천국이여 달콤한 천국이여 나의 생각을 밤의 우리 안에 가둬 주세요

Do not let them by day be spoken.

낮에 말로 터져 나오지 않게 해줘요."

But then she sang, Oh why not? tell all, speak, speak,

그러더니 다시 노래했다. "왜 안 되죠? 말해요, 모두에게 말해요, 말해 봐요,

Silence is vanity, speak for the whole truth's sake.

침묵은 허영이니, 진실 그 자체를 위해서 말해요."

And rising she took the bugle and put it to her lips, crying:

그리고는 일어나 나팔을 들어 입술에 갖다대고 이렇게 외쳤다.

There is a Spirit feeds on our tears, I give him mine,

"우리의 눈물을 먹고사는 어떤 영혼이 있어, 내 눈물을 그에게 주었

지요,

Mighty human feelings are his food

인간의 거대한 감정 덩어리는 그 영혼의 식량,

Passion and grief and joy his flesh and blood

인간의 열정과 슬픔과 기쁨은 그의 살이요 피

That he may live and grow fat we daily die

그가 살아서 살찔 수 있도록 우린 매일 죽는다오

This cropping One is our immortality.

이 거두어들이시는 분이 우리의 영원한 생명."

Chile Rolandine bowed her head and in the evening

귀공녀 롤랑딘은 고개를 숙였고 저녁이 되자

Drew the picture of the spirit from heaven.

천국에서 온 그 영을 그렸다

■■■　「귀공녀 롤랑딘」에서 스미스는 사회의
지배구조에 항의하기 위해 널리 알려진 문학작품을 다소 격을 낮추
어 우스꽝스럽게 풍자하는 개작 시문(parody) 형식을 사용했다. 개작
시문의 특성상 내용의 진지함이 흐려져 시가 가벼워 보일 수도 있지
만 이미 알려진 작품을 이용하므로 유리한 점도 있다.

　스미스의 다른 시들과 마찬가지로 역시 자전적인 이 시는 전설
적인 기사였던 롤랑의 무용담을 계급갈등과 약간의 여권주의 측
면에서 재구성한 것이다. 귀공녀 롤랑딘은 사회 불평등 구조에 말
없이 복종하지 말자고 스스로에게 외친다. 또한 이 시에는 시가
만들어지는 과정과 시가 시인에게 무엇을 의미하는지도 드러난
다.

　이 시는 기사 롤랑의 전설을 노래하는 「롤랑의 노래」("The Song
of Roland")와 로버트 브라우닝의 시 「귀공자 롤랑은 어두운 탑으
로 왔다」("Childe Roland to the Dark Tower Came")를 재구성한 시
로, 스미스는 시의 주제를 기사의 무용담에서 직장여성의 애환으
로 바꾸었다. 직장여성 롤랑딘은, 전설 속의 기사 롤랑이 절망적
인 전쟁터에서도 전투 소집나팔을 처절하게 불어 순교적으로 목
숨을 바쳤듯이, 로버트 브라우닝의 귀공자 롤랑(childe Roland)이
도전적으로 외쳤듯이, 분노와 증오를 침묵으로 억제하는 소극적
인 태도를 마침내 극복하고 도전적으로 나팔을 분다. 그녀의 계급
적 갈등의식은 신의 중재로 승화되어 그림이라는 예술작품으로
다시 태어나면서 이 시는 끝난다.

직장에서 가난한 피고용인이 겪어야하는 "압제와 불의의 지배"에 대한 노동계급의 항의와 저항인 이 시는 윌리엄 블레이크의 시 「독 나무」("A Poison Tree")보다는 조금 부드러운 항의의 시다. 노래를 마친 롤랑딘은 마치 기사 롤랑이 전쟁터에서 순교했듯이, 순교자처럼 담담하나 영웅적으로 일터의 갈등과 고통을 받아들여서, 종교적인 감정과 예술적인 작업, 즉 그림그리기로 승화시킨다. 스미스도 비서 겸 타자수라는 자신의 직업을 지루해하고 힘들어했으며 호랑이 이모의 병구완까지 겹쳐 더 이상 견딜 수 없는 한계에 도달하자 1953년 7월 1일 사무실에서 손목의 정맥을 베어 자살을 시도했던 적이 있다. 스미스는 자신이 바로 귀공녀 롤랑딘이었다고 말했으며, 자살 시도 이후 은퇴하여 연금과 서평으로 생계를 유지할 수 있게 된 것을, 마치 천국에 간 것 같았다고 표현했다.

이 시에는 가진 자에 대한 안가진 자의 분개와 더불어, 일로써 자아성취를 이룰 수 없는 당대 여성의 직업적 한계와, 이런 사회제도에 대한 여성의 자각("내가 지켜운 일 하는 게 그[고용주]의 잘못일까요?") 이 표현되어 있다. 이는 물론 '그'의 잘못뿐만이 아니라 사회의 지배집단의 문제이다. 롤랑딘의 갈등은 종교적으로 승화되어 예술작품으로 탄생된다.

스미스는 널리 알려진 문학작품의 남자 주인공을 여자로 바꿔 재구성함으로써, 가부장제 사회에서 남성을 보조하며 억울한 심정을 표현하지 못하고 말없이 순종해온 여성의 전통적 태도를 뒤집었다. 이는 버지니아 울프가 삶에서의 여성의 '주변적' 역할을 그녀의 소설에서 작품의 '중심점'으로 만들어 여성의 '중심적' 역할을 강조한 것과 버금간다. 더구나 사회 지배계층에 대한 롤랑딘의 저항의식과, 그녀의 신과 예술에 대한 흥미로운 관점은 이 시의 분위기를 고조시킨다.

스미스는 시로써 여성에 대한 가부장제도의 억압뿐 아니라, 사회계층 사이의 갈등에 대해서도 자신의 의견을 내놓았다. 피지배계급의 침묵은 사회의 지배 구조적인 요인, 즉 언어를 지배하고 있는 지배집단의 힘과 능력에 의해 유지된다. 따라서 피지배계급이 사회의 불공정한 지배구조에 대해 침묵하지 않는 것이야말로 사회구조의 질서에 도전하는 것이다. 마찬가지로 여자를 침묵시키기 위해 이용되는 사회적 규칙이나 금기도 사실은 남성 지배집단의 힘에 의한 것이다.

개구리 왕자

The Frog Prince

I am a frog
나는 개구리
I live under a spell
마법에 걸린 채 살아가지
I live at the bottom
나는 초록빛 우물
Of a green well
바닥에서 살고 있지

And here I must wait
여기서 나는 한 소녀가
Until a maiden places me
그녀 아버지의 왕궁에서
On her royal pillow
그녀의 호사로운 베개 위에
And kisses me
나를 올려놓고
In her father's palace.

내게 입맞춤할 때까지 기다려야 해.

The story is familiar

귀에 익은 이야기지

Everybody knows it well

누구나 잘 알고 있을 걸

But do other enchanted people fell as nervous

그렇지만 마법에 걸린 다른 사람들도 나만큼

As I do? The stories do not tell,

초조할까? 이야기들 속에는 나타나지 않지만,

Ask if they will be happier

그들이 개구리라는 저주받은 운명에서도

When the changes come

이미 꽤 행복하다면,

As already they are fairly happy

마법에서 풀려나 변신이 일어날 때 그들이

In a frog's doom?

더 행복할지 물어볼까?

I have been a frog now

나는 지금 개구리가 된 지

For a hundred years
백년이 되었고
And in all this time
그동안 쭉
I have not shed many tears,
그리 많은 눈물을 흘리지는 않았어,

I am happy, I like the life,
나는 행복해, 나는 삶을 사랑해
Can swim for many a mile
수십 킬로미터 수영할 수 있고
(When I have hopped to the river)
(내가 강으로 깡충 뛰어 들어가면)
And am for ever agile.
언제나처럼 재빠르지

And the quietness,
그리고 그 정적감,
Yes, I like to be quiet
그래, 나는 조용한 게 좋아
I am habituated

나는 조용한 생활에
To a quiet life,
익숙해져있어.

But always when I think these thoughts
허나 이런 생각을 하며
As I sit in my well
우물 속에 앉아 있을 때마다
Another thought comes to me and says:
또 다른 생각이 떠올라 내게 이렇게 말한다:
It is part of the spell
어쩌면 이것도 마법의 한 부분일지도 몰라

To be happy
행복하다는 것
To work up contentment
만족을 얻는다는 것
To make much of being a frog
개구리인 것을 대단하게 여기고
To fear disenchantment
마법에서 깨어나길 두려워하는 바로 이것이.

Says, It will be heavenly

또 이렇게도 말한다, 자유롭게 된다는 것은

To be set free,

천국 같을 거야,

Cries, Heavenly the girl who disenchants

또 이렇게도 외친다, 내 마법을 풀어줄 소녀는 거룩할 거야

And the royal times, heavenly,

왕권 시대는 거룩한 천국 같을 거야라고,

And I think it will be.

그리고 나도 그럴 거라 생각한다.

Come then, royal girl and royal times,

그렇다면 오라, 왕녀와 왕권 시대여.

Come quickly,

어서 오라,

I can be happy until you come

그대가 오기 전에는, 내 행복할 수는 있어도

But I cannot be heavenly,

거룩할 수는 없으리니,

Only disenchanted people

오직 마법에서 풀려난 사람만이

Can be heavenly.
거룩할 수 있으리.

■■■　「개구리 왕자」는 마법의 저주로 개구리가 된 왕자가 공주와의 진정한 사랑에 의해 마법에서 풀려나 공주와 행복하게 결합한다는 민간설화 「개구리 왕자」를 재구성한 시로서, 스미스 자신도 말했듯이 '종교시' 다.

이 시도 「귀공녀 롤랑딘」처럼 개작 시문의 구성을 갖추었다. 가부장적 담화라 할, 본래의 이야기는 공주와 개구리 왕자의 사랑과 결혼에 초점을 맞춘 데 반해, 스미스의 시는 개구리 왕자의 정신적이며 종교적인 깨달음에 초점을 맞추었다.

그림형제가 모은 전래동화 「개구리 왕자」의 전지(全知)적 3인칭 시점과 달리 스미스의 「개구리 왕자」는 1인칭 남성화자의 시점이다.

19세기에 유행했던 요정이야기의 전형은 수동적인 공주와 능동적인 왕자, 그리고 사회적으로 용인될 수 있는 행복한 결혼이라는 결말을 강조하는 것이었다. 스미스는 그녀의 여러 시에서, 마법의 세계의 파괴성과 잔인성, 숲에서 사회제도의 관습을 뒤집는 목소리를 강조해서, 마법의 세계에서의 자아발견과, 사회제도로부터 벗어난 숲에서의 위험한 자유를 연관시켰다.

이 시는 개구리 왕자의 일인칭 시점을 통해 그녀가 한평생 고민했던 삶과 죽음의 문제를 이야기하면서, 여성의 전통적 역할 뒤집기보다는 죽음의 자아초월성에 대해 진지하게 사색하는 종교성에 초점을 맞추었다.

스미스는 자살이나 죽음을 갈구하는 그녀의 여러 시에서 자신의 감정이 쉽게 몰입되는 여성 화자를 썼던 것과 달리, 이 시에서는 남성 화자를 일인칭으로 등장시켜, 죽음과 삶의 공포에 대해 거리를 두어, 고통스러워하면서도 침착한 태도를 잃지 않는 초연함을 유지하려고 애썼다. 남성화자가 중심인물로 등장하는 그녀의 시에서는 대부분 그녀의 감정이 상당 부분 절제된다.

전래동화 「개구리 왕자」에서 공주는 징그러운 모습의 개구리 왕자에 대한 혐오감을 넘어서서 그와 사랑에 빠지고, 드디어 마법에서 풀려나게 된 왕자는 그녀와 결혼한다.

이와 달리 스미스의 개구리 왕자는 삶에 대한 만족에서 깨어나, 초월적인 세계, 신성한 종교의 세계에 눈뜬다. 마법으로부터 풀려나 사람으로, 왕자의 신분으로 되돌아가기를 손꼽아 기다리는 동화 속의 개구리 왕자와 달리, 스미스의 개구리 왕자는 처음에는 사람으로 되돌아가는 것에 대해 회의적이다. 결국 개구리 왕자가 걸린 마법은 삶에 대한 기만적인 만족감으로서, 만족에 빠져 죽음에 대한 자각을 회피하면 천국 혹은 초월적인 인식에 도달할 수 있는 기회를 놓치는 것이다.

스티비 스미스는 기존의 가부장적 동화를 한껏 비틀어서, 개구리 왕자가 개구리로 사는 데에 만족했다가, 후에 삶의 미몽에서 깨어나 죽음 너머에 있을 초월적 세계에 도달하기를 원하는, 황홀하고 장엄한 종교시를 창조해냈다.

이 시에서 천국의("heavenly") 공주와 왕권시대는 기독교의 내세관일 수도 있고 스미스가 꿈꾸는 초월적인 정신세계일 수도 있고 현실에 대한 철저한 자각일 수도 있다. 이 시는 전래동화가 여자아이들에게 강조해온 정형화된 꿈이자 이상화된, 결혼의 낭만적인 환상을 깨부쉈다는 점에서 여권주의자의 주목을 끈다.

4.
죽음아, 나와 친구하자~

No, not the one without the other,
아니, 저것이 없다면 이것도 없는 것,
But always the two together,
언제나 둘은 함께 있는 것,
Rising fading, fading rising,
솟아나고 스러지고, 솟아나고 스러지고,
It is really not surprising
그게 아름답다는 것을 깨닫는 것은
To find this beautiful.
그리 놀랄 일이 아니다.

- 하나가(when one)
- 당나귀(The Donkey)
- 검은 3월(Black March)
- 아름다워라(Beautiful)

하나가

When One

When one torments another without cease

하나가 다른 하나를 쉼 없이 괴롭힐 때,

It cannot but seem

이럴 때는, 다른 어떤 것도 아닌

It cannot but seem

다른 어떤 것도 아닌

The Death is the only release.

죽음만이 오직 하나뿐인 해방구이다.

When two torments each other in this way

둘이서 서로를 이렇게 괴롭힐 때

The one by being tormented easily

즉, 하나는 툭하면 괴로워하고

The other by tormenting actively

다른 하나는 적극적으로 괴롭힐 때

It cannot but seem

이럴 때는, 다른 어떤 것도 아닌

It cannot but seem

다른 어떤 것도 아닌

That Death, as he must come happily,

죽음은, 그것은 반드시 행복하게 다가올진대,

Should not delay.

절대로 지체해선 안 된다.

Ah this unhappy Two

오, 이 불행한 둘,

It seems as if

마치 그들은 서로

They never could leave off

괴롭히는 걸 결코 그만둘 수

tormenting. And so nervily

없는 듯 하나. 그들이 아주 신경질적으로

All this is done,

이 모든 것을 다 마치면

Death, quieten them.

죽음이 그들을 고요하게 한다.

What do I think of Death

나는 왜 죽음을 친구로

As a friend?
생각하는가?
It is because he is a scatterer,
왜냐면 그는 흩어버리는 자이므로,
He scatters the human frame
그는 인간이라는 틀,
The nerviness and the great pain,
신경과민과 심한 고통을 흩어버려
Throws it on the fresh fresh air
신선하고 신선한 공기 속으로 던져버리니
And now it is nowhere.
이제 그것은 어디에도 없다.
Only sweet Death does this,
달콤한 죽음만이 이렇게 할 수 있네
Sweet Death, kind Death,
달콤한 죽음이여, 친절한 죽음이여,
Of all the gods you are best.
수많은 신들 가운데 당신이 최고야.

■■■　「하나가」에서 죽음은 인간의 자아를 산산이 흩어버리는 고마운 신이다. 이 시의 마지막 연은 왜 나는 죽음을 친구라고 생각하는가와 같아 이 시는 자의식이 지나치게 강한 한 인간의 내면에서 두 개의 자아가 서로 싸울 때의 극렬한 고통을 잘 보여준다.

스미스의 자아해체로서의 죽음관은 기독교와 불가지론과 무신론 사이를 오가는 다소 유동적인 것으로서, 그녀에게 모든 것의 끝으로서의 죽음은 인간이 자의식을 벗어나 자연과 하나 될 수 있게 해주는 고마운 존재이다. 상당 기간 영국천주교(성공회)를 믿었고 기독교를 비판하면서도 영국천주교 의식을 사랑하던 그녀는 죽음의 최종성을 확신하면서도 죽음을 긍정시한다.

그녀의 죽음의 시들은 죽음에 대한 기독교적인 견해를 흔들어 죽음에 대한 두려움 위에 자리 잡은 종교와 죽음의 권위를 무너뜨린다. 그녀의 자아해체 · 자아해방의 죽음관은 죽음의 권위와 이 위에 자리잡은 종교의 권위마저도 허물고 있다. 이제 성공회신자가 아닌 스미스에게는 죽음은 그저 생명의 성숙한 끝일뿐이고, 죽은 후 인간의 자아는 해체되어 의식으로부터 해방된다. 그녀가 삶으로부터의 소외감과 우울증을 끝까지 버티어낼 수 있었던 것은, 죽음은 자아해방이라는 긍정적인 죽음관을 방패로 삼아 살아냈기 때문이었을 것이다.

당나귀
The Donkey

It was such a pretty little donkey
그렇게나 예쁘고 귀여운 당나귀였지
It had such pretty ears
귀가 정말 예뻤고
And it used to gallop round the field so briskly
들판을 달릴 때는 정말 날다시피 기운차게 달렸지
Though well down in years.
비록 나이가 들면서는 상당히 느려졌지만.

It was a retired donkey,
은퇴한 당나귀였어,
After a life-time of working
정규직원으로 쳇바퀴 돌 듯
Between the shafts of regular employment
한평생 일한 후
It was now free to go merrymaking.
이제야 홀가분해져서 신나게 놀러 다녔어.
Oh in its eyes was such a gleam

그 녀석 눈에는 흔히 젊음을 떠올리게 하는

As is usually associated with youth

그런 번득임이 있었지만

But it was not a youthful gleam really,

그건 사실 젊음에 찬 번득임이라기보다는,

But full of mature truth.

성숙한 진실과

And of the hilarity that goes with age,

나이 들며 생기는 유쾌함으로 가득 찬 것,

As if to tell us sardonically

우리에게 마치 이 당나귀 앞에는

No hedged track lay before this donkey longer

무정부상태의 달콤한 초원 말고는 어떤 울타리 길도 놓여있지 않다
고

But the sweet prairies of anarchy.

냉소적으로 말하는 듯한 그런 유쾌함으로.

But the sweet prairies of anarchy

오로지 달콤한 무정부상태의 초원과,

And the thought that keeps my heart up

마침내 죽음이라는 더더욱 기묘한 무정부상태에서

That at last, in Death's odder anarchy,

우리 인간의 양상이 몽땅 부수어질 것이라는,

Our pattern will be broken all up.

내 심장을 버티게 해주는 그 상념만이 놓여있다고.

Though precious we are momentarily, donkey,

당나귀여, 비록 우리가 일시적으로는 귀한 존재라 할지라도,

I aspire to be broken up.

나는 부셔지기를 열망하나니.

■■■　「당나귀」는 살아서는 울타리 쳐진 경주로에서만 달렸지만 죽은 후에는 앞이 탁 트인 초원에서 달리면서 달콤한 해방감과 초월감을 느낀다. 여기서 울타리는 닫힌 또는 갇힌 자아를 뜻한다. 죽음의 세계에서는 인간은, 불안해하는 삶의 작은 자아를 벗어나 충만한 보다 큰 자아로 탈바꿈한다.

스미스의 죽음에 대한 초연함은 삶과 거리를 두고 사는 사람에게서 나타날 수 있는 초연함이다. 그녀는 삶의 가장자리에 살면서 죽음과 삶에 대한 사랑을 동시에 키웠다. 그녀의 시에는 삶에 대한 공포가 널려있으니, 그녀의 삶에 대한 사랑과 의지는 삶의 변두리, 즉 삶과 죽음의 경계선 위에서만 가능했던 것이다.

생에 대한 열정과 죽음에 대한 탐닉, 강인한 자아와 의존적 자아라는 양극단을 오가는 그녀의 자아 분열적 태도는 그녀가 사랑과 인간에 대한 신뢰를 잃게 만든 불행한 어린 시절을 보내면서 자신감과 삶에 대한 긍정적 사고를 잃어버린 결과일 것이다.

죽음은 여성성과 더불어, 서양문화에서 수수께끼나 타자로 즐겨 사용되는 비유어다. 죽음은 삶과 대립되고, 여자는 남자와 대립되면서, 죽음과 여자는 이해할 수 없는 대상이 된다. 이 같은 삶과 죽음에 대한 이원론적 접근은 죽음을 삶과 철저히 분리시킨다. 이런 접근은 죽음을 종교나 정신분석이론을 통해서만 포착될 수 있다고 봄으로써 죽음을 삶의 경험과 단절시켜 왔다.

삶과 죽음이 하나로 연결될 수 있다면 삶은 얼마나 신비로워질 수 있겠는가? 죽음은 또 얼마나 우리에게 평온하게 느껴질 수 있겠는가? 죽음을 두려움의 대상으로 타자화하는 서양전통적인 인식과 달리 스미스의 긍정적인 죽음관은 삶의 문제뿐만 아니라 죽음의 문제도 풀어낼 수 있을 것이라 여겨진다.

검은 3월

Black March

I have a friend
내게는
At the end
세상 끝에
Of the world.
한 친구가 있답니다
His name is a breath
그의 이름은

Of fresh air.
상쾌한 공기의 숨결입니다
He is dressed in
그는 잿빛 쉬폰 옷을
Grey chiffon. At least
입고 있습니다. 색깔은 몰라도
I think it is chiffon.
적어도 쉬폰 옷은 맞다고 생각합니다.
It has a

연기처럼 아주

Peculiar look, like smoke.

독특한 모습을 하고 있으니까요.

It wraps him round

옷이 그를 휘감아

It blows out of place

그의 자취를 몰아내고

It conceals him

그를 숨겨주어

I have not seen his face.

그의 얼굴을 보지는 못했습니다.

But I have seen his eyes, they are

허나 그의 눈을 보았습니다, 그 눈은

As pretty and bright

3월의 검은 가지 위의 빗방울처럼

As raindrops on black twigs

예쁘고 빤짝빤짝 빛납니다.

In March, and heard him say:

나는 그가 이렇게 말하는 것을 들었습니다.

I am a breath
나는 당신을 위한
Of fresh air for you, a change
상큼한 숨결입니다,
By and by.
머지않아 갈아입으실 옷입니다 라고,

Black March I call him
3월의 검은 나뭇가지 위 빗방울 같은
Because of his eyes
그의 눈망울 때문에
Being like March raindrops
나는 그를 검은 3월이라고
On black twigs.
부른답니다.

■■■　「검은 3월」에서 죽음은 세상 끝에 있는
친구이자 당신이 머지않아 갈아입을 새 옷이며, 죽음의 눈망울은 3
월의 검은 나뭇가지 위에 대롱대롱 매달린 빗방울만큼이나 예쁘고
반짝거린다.

　스미스에게 이처럼 죽음은 삶과 떨어져있는 먼 세계가 아니라
삶의 경험과 연결된 세계이면서, 삶처럼 예쁘고 밝고 행복한, 삶
의 한 과정이며 끝자락이다.

　스미스의 죽음의 세계의 풍경에는 삶의 세계와 마찬가지로 빛
나는 색이 있다(「오 고마운 색깔이여, 빛나는 모습이여」("Oh grateful
colors, bright looks,"). 그녀에게 죽음은 삶의 끝이며 바로 그래서
인간에게 주어진 가장 커다란 축복인 것이다.

아름다워라

Beautiful

Man thinks he was not born to die
사람은 자신이 죽으려고 태어난 것은 아니라 생각하나
But that's no proof he wasn't,
아니라 생각한다고해서 아니라는 어떤 증명도 되지 않는다
And those who would not have it so
또한 그렇다고 우기려 들지 않는 이들은
Are very glad it isnt.
그렇지 않다는 것을 아주 반긴다.
Why should man wish to live for ever?
그러나 왜 사람이 영원히 살기를 원해야 하는가?
His term is merciful,
그의 종말은 자비로운데.
He riseth like a beaming plant
그는 기쁨에 넘치는 식물처럼 솟아올랐다가
And fades most beautiful,
가장 아름다울 때 스러진다,

And his rising and his fading

그가 솟아오르고 그가 스러지는 것은
Is most beautiful.
매우 아름답다

No, not the one without the other,
아니, 저것이 없다면 이것도 없는 것,
But always the two together,
언제나 둘은 함께 있는 것,
Rising fading, fading rising,
솟아나고 스러지고, 솟아나고 스러지고,
It is really not surprising
그게 아름답다는 것을 깨닫는 것은
To find this beautiful.
정말로 놀랄 일이 아니다.

■ ■ ■   「아름다워라」에서 삶이 아름다운 것은, 삶이 죽음으로 이어져서 삶이 완성되기 때문이며, 죽음이 아름다운 것은 삶의 성숙과정이 죽음을 받쳐 주고 있기 때문이다.

화가 에드바르트 뭉크(Edvard Munch)처럼 스티비 스미스에게도 죽음 강박증이 있었지만, 뭉크가 죽음을 두려워했던 것과 달리 그녀는 죽음을 사랑했다.

스미스는 죽음을 자신의 삶 속으로 끌어들여 삶과 죽음을 하나로 이어서 보았고, 죽음을 친밀하게 여겨 죽은 후의 자아해체를 구원이자 성숙으로 생각했다

II

스미스의 삶과 작품 세계

1.
20세기 초 가부장제도의
영국 사회와 문단

스티비 스비스가 글쓰기를 시작했던 1930년대의 지배적인 문학사조는 모더니즘이었고 모더니즘의 지배담론은 가정이념이었다. 그녀의 여성주의적인 시들은 전통설화 속에 나오는 남성의존적인 여성상과, 모더니즘의 가부장적 남성중심주의와 형식적 권위의 시를 뒤집고 조롱하고 모사했다.

모더니즘은 문학의 절대적 가치와 작가의 권위를 아직 받아들였던 시대의 사조였으므로, 작가는 풍자와 반어와 언어적 유희 그 자체를 즐길 수는 있었지만, 훌륭한 문학의 필수적인 요건으로서의 진지함을 잃어서는 안 되었다.

이와 달리 그녀는 놀이로서의 시를 즐겼고 때로는 지나치게 가벼워 보일 정도의 놀이적 특성을 구사했으므로, 그녀의 시는 당시의 문학적 취향과 맞지 않았고 작가의 권위에 손상을 준다고 여겨질 때도 있었다.

모더니즘 시인들이 어렵고 복합적인 형식을 통해서만 복잡한 세계와 복합적인 인간성을 인식할 수 있다고 생각한 것과 달리,

그녀는 말놀이를 즐기고, 무거운 내용을 장난조로 말하고, 다소 우스꽝스러운 삽화를 시마다 함께 싣고, 쉽고 단순한 시를 썼기 때문이다. 이러한 방식은 사색적인 내용에 적합하지 않은 가벼운 기법이라고 비판받아왔다.

그러나 1990년대 이후 그녀의 시는 포스트모던 여성주의 비평가들에게 그 가벼움이 지닌 깊은 의미를 인정받기 시작했다. 그녀의 시에는 가부장제 사회, 결혼제도, 가정생활에 대한 분노와 거부가 줄곧 나타난다.

스티비 스미스는 자신의 삶에서부터 죽음에 이르기까지의 개인적이지만 인간 보편적인 고통들과, 가부장 사회에서의 여성의 고통들을 용기 있게 시화하면서, 삶과 죽음 사이의 경계선, 문학 장르 사이의 경계선, 시의 권위적이고 객관적인 형식, 종교와 죽음의 권위를 깨트린 시인이었다.

그녀의 시에 나타난 가벼운 유희성은 단순한 장난기가 아니라 의도적으로 권위를 즐겁게 뒤집는 축제적 전략이며, 여러 관점을 제시하여 복합적인 의미를 켜켜이 쌓는 "놀리기" 기법으로 해석될 수 있고, 일부러 절망을 가볍게 표현함으로써 삶의 고통으로부터 안전거리를 두어 그를 극복하고자 하는 생존방식이기도 했다.

일관성 없이 계속 바뀌는 그녀의 시적 방식은 의도적인 부주의, 즉 포스트모던 페미니즘의 글쓰기 전략 – 뤼스 이리가라이(Luce Irigaray)가 주장했듯이 남성의 형이상학적 언어의 논리적 합리성에 대해서 '해방적인 느슨한 힘 빼기'로 저항하는, 다양하고 유동적이며 시적인 글쓰기로 해석될 수 있다.

그녀는 심각한 주제를 가볍게 말하거나 가벼운 농담과 뒤섞고, 하나의 시 속에서 어조와 주제를 급격히 자주 바꿔보기도 하고, 직접 그린 우스꽝스러워 보이는 삽화를 시와 함께 실을 것을 출판자에게 강력히 요구했으며, 기존의 문학관습의 격을 조금 낮추어 우스꽝스럽게 희화화(parody)해서 시를 쓰기도 했다.

스미스는 신화와 요정이야기 같은 친숙한 이야기의 틀을 희화화하여 재구성하기도 했다. 이는 전통에 도전하는 여성주의자들과 닮아있고, 다른 여성주의자문학가들에게 영향을 끼쳤다. 그녀는 당대의 시적규범과 장르를 뛰어넘는 상상력을 발휘하며 어떤 전통에도 완전히 속하지 않는 시를 썼다.

세계 일차대전(1914-1918)이 끝난 즈음 스미스는 여성잡지사 피어슨(C. Arthur Pearson, Ltd.), 후에는 뉴운즈 피어슨(Newnes, Pearson, Ltd)에서 사장 비서로 일했다.

1920, 30년대 여성잡지를 포함한 대중매체들은 여자들에게 전쟁 이전의 행복한 가정을 꾸리는 전통적 여성의 역할로 되돌아가라고 외치면서, 가정의 허구적인 낭만적 행복에 환상을 뒤섞은 대중 소설과 이야기들을 쏟아냈다.

여자들에게는 일차대전 전보다 더욱 보수적인 역할이 요구되었다. 대중잡지의 소비자는 주로 여자였지만 여자들은 제작자나 출판자로서 거의 활약할 수 없었으므로 이는 가부장적 사회가 주도한 일방적인 요구였다. 1928년에 보통선거권이 모든 여자에게 주어지기 전까지는 30살이 안된 여자들은 선거권조차 없었고 혼자 사는 여성은 욕을 먹는 시대였으니 여성의 의견은 어디에서도 들릴 수가 없었다.

스미스가 시와 소설을 쓰기 시작했던 1930년대는 영국에서 소비문화가 강조되기 시작했다. 기업들은 완벽한 아름다운 가정을 만드는 데 가전제품들이 필요함을 집중적으로 선전하면서, 소비하는 데서 오는 기쁨과 힘을 강조했다.

대중잡지와 신문들은 아름다운 가정에 아름답고 능률적인 가전제품들이 잘 갖춰진 사진을 다투어 실었다. 당시 영국에는 스스로 일해서 봉급을 받는 직업여성들이 늘어났지만, 그들은 소비 풍조에 휩쓸려 경제적 자립 능력을 키우지 못했다. 가사시간을 절약시켜준다는 가전제품은 실제로는 집안일 하는 시간을 크게 줄여주지 못해 여자를 집안일에서 해방시켜주지 못했다.

결국 1910년대보다 더 보수적인 여성의 역할을 요구하던 1930년대에 아름다운 가정을 꾸미는 소비문화와 가정생활에서 요구하는 전통적 여성상이 서로가 서로를 부추겨서 여성의 자유를 막는 쪽으로 흘러갔다.

대중소설, 잡지와 주간지 같은 출판물들은 여성독자들에게 빅토리아 시대의 여성만큼이나 전통적인 여성의 역할을 고취시키려고, 여주인공이 재정적이자 정서적 압박에 시달리다가 남주인공에 의해 구원되고, 그 후 그와 결혼한다는 비슷비슷한 연애 이야기들을 반복적으로 방송하고 실었다. 여주인공들이 전통적인 가정주부의 역할을 벗어나려고 하면 벌을 받거나 이를 막는 상황이 나타나거나 해서 결국은 못 벗어나게 된다는 이야기가 대세였다. 여기서 저 유명한 입센의 『인형의 집』을 떠올리면 쉽게 이해될 것이다.

스미스가 다닌 피어슨즈(Pearson's) 회사도 여성잡지 3권과 주간지 5권을 출판하는 영향력 있는 대중매체였다. 대중잡지의 주독자는 여자였으므로 이는 거꾸로 여성작가들에게 대중에 맞추어 이런 식의 글을 쓰도록 부추겼다.

스미스는 그녀의 시에서 낭만적인 연애와 가정에 대한 전통설화에 반대하면서, 사랑, 결혼, 가정과 가족에 대한 환상에 대해 의문을 던졌다. 그녀는 소비문화를 비난했고, 낭만적 이야기의 관습을 조롱하고 희화화했다.

가부장적인 가정이념을 부셔버리고자 그녀는 당시의 가정에 대한 정의에 직접적으로 저항하는 시와 소설을 썼다. 1940-50년대에 그녀가 쓴 여러 서평에서 그녀는 여자독자들에게 잡지에 실리는 로만스 이외의 다른 이야기 장르, 즉 품격 있는 고급소설과 중산층 소설을 읽으라고 구체적으로 여러 작품들을 추천했다.

사실 그녀는 '페미니스트'라는 말을 싫어했고, 직업적 성취를 갈망하는 중상류층여자의 투쟁적 여권주의에 동조하지 않았으며, 여성의 생물학적 우월성이나 본질적 차이와 독특성을 주장하는 새로운 여권주의에도 반대했다.

하지만 그녀는 자신의 경험했던 중, 하류층의 여자들의 입장에서서 여성의 경제적, 직업적 자유를 추구하는 여성주의를 지지했다. 스미스는 그 당시 영국사회를 지배했던 가부장제의 독선적 권위에 스스로의 삶으로 조용하게 반대했던 것이다. 마치 태어날 때부터 영국 천주교(성공회) 신자였던 그녀가 힘든 삶 속에서 그토록 위안을 얻었던 아름다운 천주교 의식을 사랑하면서도, 기독교의 잔인한 지옥교리와 증오와 미움을 키우는 독선적 교리에 반대해서 영국 천주교를 떠난 것처럼.

2.
스티비 스미스의
삶

스티비 스미스(Stevie Smith)의 본명은 플로렌스 마가렛 스미스 (Florence Margaret Smith, 1902-1971)이다. 그녀는 1902년 어머니 에셀 스미스(Ethel Spear Smith)와 아버지 챨스 스미스(Charles Ward Smith) 사이의 두 딸 가운데 막내딸로 영국 요크셔 지방의 헐(Hull) 지역에서 태어났다.

그녀가 4살 때 아버지는 가정을 내팽개쳤다. 어머니는 큰딸 몰리와 둘째 딸 마가렛(스티비)를 데리고 마가렛 이모와 함께 런던 교외에 있는 팔머즈 그린 지역으로 이사 갔다. 스티비는 그곳에서 평생을 살았다.

그녀의 아버지는 그녀가 태어나자마자 오랫동안 꿈꾸어온 낭만적인 해군입대를 감행하여 가정을 버렸고, 후에는 다른 여자와 살면서 평생 가정을 돌보지 않았다. 그녀는 아버지가 가정을 버린 것이 자신이 태어났기 때문이라고 생각해서, 태어난 것에 대한 죄책감과 버림받은 것에 대한 분노와 외로움에 한평생 시달렸다.

그녀의 어머니도 우울과 절망과 나약함에 시달리다가 그녀가 아직 어렸을 때 일찍 세상을 떴다. 그녀는 죄의식과 함께 남자, 결혼생활, 가부장적 가정제도 전체에 대해 불신하고 회의했다. 스미스가 그녀의 호랑이 이모를 병들어 죽을 때까지 사랑하고 돌봤던 점을 생각하면, 스미스의 사랑과 결혼 회피는 삶과 사람들에 무책임한 태도라기보다 피해의식에 따른 자기보호적인 태도라고 생각된다.

그녀는 태어나면서부터 무척 허약했고 평생 약골이었다. 그녀는 6살에 유치원을 다니다가 결핵성 복막염에 걸려 3년 가까이 켄트 해안에 있는 요양소와, 팔머즈 그린에 있는 집과 학교를 오가며 살았다.

어른이 된 후도 신체적 허약과 정신적 무력감에 대해 자책감에 시달렸을 정도로 허약했던 그녀는, 너무 피곤해서 말도 못하고 글도 못쓸 상태가 되면 "피곤하면 절대적인 부적합성, 부족감, 결핍감이라는 죽은 순간으로 들어갔고 이러한 순간은, 생명에 대한 어떤 위대한 느낌을 잃어버려 생명으로부터 소외되므로, 비록 자연과 동물의 아름다움을 느낀다 해도 삶은 고통스러워져 작가가 할 수 있는 일이라곤 자신의 생명을, 신이 씹어 먹고 최대한으로 이용할 수 있도록 이런, 저런 신께 바치는 일 밖에 할 수 없을 정도로 위험하다"고 말했다.(MG 116).

그녀는 놀랍게도 요양소에서 8살 때 자살을 처음으로 심각하게 생각하고 또 그런 후에는 자살을, 삶으로부터의 비상탈출구로 여기는 강인한 태도를 보였다. 적지에 홀로 내팽개쳐있는 듯한 삶의 두려움과 외로움을 그녀 스스로가 원하기만 하면 언제라도 자신의 의지로써 삶을 중지시켜 끝낼 수 있다는 그녀의 생각은, 마치 테러리스트가 몸에 항상 지니고 다니는 자살용 청산가리처럼 그녀에게 큰 위로가 되었다. 자책감에 빠져 괴로울 때에도, 언제라도 죽을 수 있다는 생각은 그녀에게 큰 위안이 되었다.

그녀가 17살 때 어머니가 43살의 나이로 돌아가시자마자 아버지가 재혼했다. 그후 그녀는 고등학교를 졸업하고 직업전문대학을 나와 21살부터 30년 동안 51살까지 여성잡지사 아서 피어슨 주식회사의 사장 비서로 근무했다.

그녀는 22살부터 근무하는 시간 틈틈이 시를 쓰기 시작했다. 1935년 33살에 그녀는 시 6편을 『뉴 스테이츠맨』(New Statesman) 잡지에 실었고 다음해 소설 『싸구려 황색 소설』(Novel on Yellow Paper)을 시작으로 3권의 소설과, 1937년 35살에 출간한 시집 『누구에게나 한때 좋은 시절이 있었지』(A Good Time Was Had By All)를 시작으로 총 7권의 시집을 세상에 내놓았다.

그녀의 첫 번째 시집 『누구에게나 한때 좋은 시절이 있었지』에서는 10편 정도였던 죽음과 자살에 대한 시가, 죽음의 시집이라고 불리는 2집 『오직 한 사람에게만 다정하게』(Tender Only to One, 1938)에서는 시집의 절반을 채웠고 죽음의 내용도 좀 더 탐닉적이고 여성주의적이 되었다.

1939년 2차대전이 시작되자 야간공습 감시인으로 자원봉사를

했으며 3집 『엄마, 남자가 뭐예요?』(Mother, What is Man?, 1942)에서는 죽음의 유혹을 극기주의적인 삶의 자세로 극복하는 달관한 죽음관("Study to deserve to death")이 나타났다. 그녀의 나이 47살에 아버지가 돌아가셨다. 마녀의 시집으로 평가받을 정도로 혼란스런 시들이 나타난 4집 『해롤드의 도약』(Harold's Leap, 1950)에서는 도피적인 죽음의 시가 많아졌다.

1953년 51살 때 스미스는 사무실에서 자살을 시도한 후 은퇴했고 이후 작가로 살았다. 그녀가 55살에 내놓은 소외와 죽음의 시집인 5집 『손을 흔든 게 아니라 허우적댄 거야』(Not Waving but Drowning, 1957)와 64살에 내놓은, 종교적인 시집이라는 평을 받는 6집 『개구리 왕자와 여러 시들』(The Frog Prince and Other Poems, 1966)에서 그녀의 죽음관은 종교와 철학적 상념으로 성숙되어, 죽음은 일종의 깨달음 같은 것으로 정화되어 나타났다.

1958년 『어떤 사람들은 다른 이들보다 더 인간적이야: 삽화집』(Some are more human than others: Sketchbook)을 출간했고, 1959년 영국방송사(BBC)가 제작한 라디오 극 『바깥쪽으로 한 번 돌기』(A Turn Outside), 1962년 『스티비 스미스 시 선집』(The Selected Poems of Stevie Smith)이 나왔다. 1966년 촐몽드리(Cholmondeley) 시인상을 받은 후 그녀는 펭귄사에서 출판한 펭귄 현대시인 8인에 뽑혔으며, 1969년 엘리자베스 2세에게 시(詩)상 금메달을 받았다.

그녀는 1960년대 영국에서 유행했던 시낭송 순회공연의 별이었다. 묵송하는 듯한 낭송법과 여고생 같은 옷차림으로 그녀의 시는 다시 대중적 인기를 얻었다. 그녀의 수호천사, 마가렛 이모가 66살의 스미스가 지성을 다해 간호했건만 돌아가셨고, 3년 후인 1971년 3월 7일 그녀는 69살의 나이에 뇌종양으로 세상을 떠났다. 그녀가 죽은 다음 해 출판된 7집 『전갈과 여러 시들』(*Scorpion and Other Poems*, 1972)은 죽기 직전의 시집답게, 거의 모든 시가 죽음에 대한 것이었다.

1975년에는 그녀가 살아있을 때 그렇게도 바랐던 그녀의 시 전집 『스티비 스미스 시 전집』(*The Collected Poems of Stevie Smith*)이 나왔고, 1977년 그녀의 삶과 작품을 다룬 연극이 나왔으며 그 다음해에는 영화까지 나왔다.

1981년 아직 출간되지 않았던 그녀의 글과 시를 모은, 『또 나야: 아직 출간되지 않았던 스티비 스미스의 시와 글들』(*Me again: Uncollected Writings of Stevie Smith*)이 나왔다.

그녀의 시가 비교적 쉽게 평론가의 호평과 대중의 인기를 얻을 수 있었던 것은 1930년대 말에 나온 그녀의 소설 『싸구려 황색 소설』이 인기를 얻은 덕분이었다. 그녀의 시가 시대의 사조를 벗어나 일상적인 소재를 독특한 운율과 쉬운 말투로 표현한 점이 사람들에게 신선하게 느껴졌다.

1950년대 초 그녀의 인기는 다소 시들해졌다가 1950년대 후반 저 유명한 시 「손을 흔든 게 아니라 허우적거린 거야」 이후 1960년대 초까지 다시 좋은 반응을 얻었다. 그녀는 시낭송회에서 묵송하는 듯한 낭송법, 즉 높고 낮음이 없는 단조로운 목소리와 영국인의 어조와 찬송가 운율의 곡조를 사용해서 시를 염불하듯 읊었다.

그녀의 시낭송에 사람들이 환호하자, 그녀는 여학생 복장을 하고 어리광부리는 말투를 썼다. 스미스에게는 여성억압적인 가부장제에 반대해서 홀로 자아를 추구하는 강한 자아만큼, 아니 그이상으로 따뜻한 사랑에 의존하려는 유아적인 자아가 공존했다. 그녀의 모든 시집마다 어린시절의 고통스러웠던 경험에 대한 여러 편의 시가 나타나는 것은 이 때문일 것이다.

영국천주교 신자였던 그녀는 기독교리의 잔인함과 위선에 눈뜨면서 종교를 떠났다. 그녀가 깨달은 기독교의 잔인함이란 기독교인들에게는 신앙심의 대가로 천당을 약속하고, 비기독교인들에게는 지옥으로 협박하는 독선적 교리와, 기독교인들이 선민의식에 젖어 다른 이들에 대한 사랑보다 자신의 구원을 우선시하는 태도이다.

스미스는 그녀의 글 「기독교 신앙의 몇 가지 장애물」("Some Impediments to Christian Commitment" MA 153-70)에서 기독교리의 잔인함과 비도덕성을 비난하며, 진정한 종교라면 "증오"의 신이 아니라 "사랑"의 신이라야 한다고 주장했다.

일이차대전 후 많은 사람들이 다시 기독교에 귀의한 것에 대해 사람들이 신경과민, 신경이상, 공포증, 소심증 때문에 정신적으로 타락한 것이라고 그녀가 비난한(B&M 215) 데서 알 수 있듯이, 그

녀는 종교 본래의 사랑과 자비의 정신에 철저했다. 그녀는 제도화
된 종교의 독선적인 증오와 비도덕성을 받아들일 수 없어서 그녀
의 외로운 삶에 큰 위로가 되었던 천주교를 뿌리쳤다.

　기독교리 가운데서 그녀가 가장 혐오했던 것 가운데 하나로 기
독교의 내세관이 있다. 「쓰레기통 가운데서 어머니와 함께」
("Mother, among the Dustbins")에서 시의 화자는, 기독교의 내세
관은 유한성에 대항하여 "죽지 않으려고 저항하는 인간의 허영심
일 뿐"이라고 말한다.

　스미스는 영혼의 영생을 믿지 않았을 뿐 아니라, 죽은 후 자아
의식이 아주 사라진다는 데에 큰 위안을 얻었고, 영생하느니 차라
리 태어나지 않기를 바랐다. 그러나 그녀는 천주교 의식의 아름다
움을 사랑했고 무신론과 불가지론의 경계선에 머물렀다.

3.
스티비 스미스의
작품 세계[4]

그녀의 시는 시기별 특성이 비교적 약한 편인 대신에 시 전체를
통틀어서 세 가지 특성, 즉 아이와 사춘기 소녀의 아스라한 순진
함, 외로운 여인의 냉소적 관점, 금욕적인 철학자의 지혜가 동시
에 나타났다. 초기 시에도 이미 순진을 조롱하는 거짓된 순진
(mock innocence)을 구사하는 시적 인물이 형상화되었고 후기로
가면서, 아이의 목소리는 줄어들고, 여인의 관점이 더 뚜렷해지
며, 말기에는 철학자의 지혜가 짙어졌다.

그녀의 초기 시는 1930, 40년대의 시로서 『누구에게나 한때 좋
은 시절이 있었지』(Good Time was Had by All), 『오직 한 사람에게
만 다정하게』(Tender Only to One), 『엄마, 남자가 뭐예요?』
(Mother, What is Man?)의 세 시집을 아우른다. 셰이머스 히니에
의하면 스티비 스미스는 죽음, 외로움, 허비(waste), 어리석고 순
진해서 남을 믿다가 망가진 사람들을 시화했다.

---

4) Sanford Sternlicht의 Stevie Smith, Twayne Publishers, 1990, 참조

그녀의 중기 시는 1950년대의 시로서 『해롤드의 도약』(Harold's Leap)과 『손을 흔든 게 아니라 허우적거린 거야』(Not waving but drowning)의 5번째까지의 시집을 포함한다. 그녀는 더욱 절망적이고 날카로운 목소리로 냉소적이고 외로운 여성의 견해를 시화했다. 결혼과 가정에 대한 부정적 시각과, 삶에 대한 두려움 때문에 죽음과 환상으로 도피하는 시들이 나타났다. 그녀의 시에는 중산층의 천편일률적인 삶과 직업여성의 단조로운 일로부터 해방되고자하는 욕구, 그리고 삶 그 자체에서 벗어나고자하는 죽음에의 욕망이 나타났다.

이 시기의 시에는 인간성의 어두운 면을 들여다보면서도 인간에 대해 이해하고 연민을 느끼는 관점이 시화되어있다. 그녀의 종교시도 이즈음 나타나는데, 그녀는 신의 존재에 대한 회의에 고통받는다는 의미에서 진정한 종교 시인이라고 말할 수 있겠다. 그녀는 지옥의 영원한 저주라는 교리를 거부하는 것처럼 인간의 필멸을 위로해주는 교리인 영생의 신, 용서와 자비의 신이라는 개념에 무릎 꿇지 않는다.

그녀의 후기 시는 1960년대의 시로서 『스티비 스미스 선집』에 새로이 실린 15편의 시들과 『개구리왕자와 몇몇 시들』을 아우른다. 60년대에 그녀는 여러 다른 시인들의 관심과 칭송을 받았고 시 낭송 순회공연의 별이 되어 미국 독자층도 생겼으며 몇몇 국내의 문학상들을 받았다.

그녀의 시는 이모가 죽고 자신의 건강도 나빠지면서 점점 더 성숙해졌다. 고립감, 영국천주교와의 마찰, 슬픔이 그녀를 사로잡았지만, 신경질적인 웃음과 순진한 소녀인 척하는 태도는 사라졌다. 그 대신 자기만족이 깃든 안정감, 즉 고독에 만족하고 세상과 평화롭게 화해하는 감정이 자라났다. 인간 스스로가 성숙해져서 서로의 한계와 모자란 점에 관대해져야한다는 견해가 보인다. 신의 존재를 의심하면서도 신과의 대화는 이어지고, 철학적이며 죽음을 칭송하는 시들이 많다. 자신에 대한 이해와 자신에 대한 지식이 서로 부딪치는 갈등을 겪으면서 시를 형식적으로 통제하여 세련되게 만들려는 상당한 노력이 보였다.

마지막으로 그녀의 최후의 시들(『전갈과 몇몇 시들』 *Scorpion and Other poems*, 1972) 에는 죽음의 그늘이 무겁게 내려앉았다. 68살의 나이로 죽기 10주 전부터 그녀는 심하게 아프기 시작했다. 죽기 직전까지 시를 쓰고 정리하면서 그녀는 명성의 덧없음과 삶의 종말성에 대해 체념하며 힘들어했다. 자신을 꼬리에 독침(sting)을 지닌 전갈로 생각했지만 사실, 말년의 그녀는 그녀의 시에 나오는 지치고 환멸에 찬 브릭스 부인(Mrs. Brigs)같은 늙은 여자였다. 죽음이 가까워오자, 폭풍 뒤의 고요와 같은 지친 안도감에 그녀는 무슨 일이 닥쳐도 용감하게 웃어넘길 수 있었다.

4.
스티비 스미스의
여성주의 글쓰기

스티비 스미스는 남성 중심의 사회에서 다른 여성주의자들과 동맹을 맺지 않고 그녀만의 방식으로 혼자서 외롭게 문학작품으로 남성의 지배와 싸워냈다. 어머니의 삶을 통해서 여성이 결혼과 가정을 갖는 대신 여성의 정체성과 독립적 사고력을 잃음을 통감했던 그녀는 그녀의 시로써 남성우위의 가정이념을 거부하고 냉소하고 조롱했다. 가족 구성원과의 관계, 즉 남편과의 사랑, 모성애, 살림을 꾸리고 아이들을 낳아서 기르고 남편을 뒷바라지하는 아내의 의무를 정신적, 육체적으로 두려워하고 구속으로 여겼다. 그녀는 지적 수준이 그다지 필요하지 않았던 직장의 비서 일도 돈을 매개로 한 부자와 가난한 자 사이의 고용관계로 생각했다.

그녀의 여성주의는 보부아르의 여성주의와는 다르다. 시몬느 보부아르의 여성주의는 여자에게서 여성성으로 여겨지는 감정적이고 유동적인 사고를 지적활동을 통해서, 남성성으로 여겨지는 이성적이고 논리적 사고로 한 단계 올리려는 것이었다.

보부아르는 '여성의 신비'라는 허위개념으로써 여성을 모성과 가정에 묶어놓으려는 남성의 가부장적 횡포를 거부했다. 그녀는 남성우위 사회에 대한 반작용으로서의 여권주의자였다. 시간이 흘러 여권주의는 진화되어, 전통적으로 여성적이라 여겨져 온 여성적 자질을 신비화하지 않으면서도, 남성과 동등한 여성의 주체성으로 긍정하는 새로운 여성주의가 나타났다.

글쓰기에 있어서도 남성과 다른 여성의 여성적 글쓰기를 존중하는 현상이 나타났다. 경직되고 편협해질 위험이 있는 일관성 위주의 남성적 글쓰기 대신에 다양성을 중시하는 유연한 여성적 글쓰기가 나름의 장, 단점을 갖고 있음이 알려지게 된 것이다.

남성중심의 가부장적 가치관은 단일성, 일관성, 원칙성, 이원론적인 배타성과 경직성을 중심으로 이루어져 있다. 이와 달리 포스트모던 여성주의적인 가치관은 다양성, 다원성, 적응성, 일원론적인 포괄성과 유연성을 중심으로 해서 기존의 남성주의적인 가치관을 해체하고 여성의 새로운 역할을 구성한다.

소외와 죽음, 종교 같은 형이상학적인 주제를 진지하게 다룬 시를 빼놓으면 스미스의 시는 때로 가벼워 보인다. 심각한 주제를 가볍게 말하거나 가벼운 농담과 섞고, 한 시 안에서 어조와 주제를 급격하게 자주 바꾸고, 아이들이 말 잇기 놀이하듯 시를 갖고 놀며, 자신이 직접 그린 삽화를 시에 곁들여 기존 문학을 희화화하고, 다른 장르의 요소를 끌어들여 시적 양식을 다양하게 하여 내용의 진지함과 형식의 완성성이 떨어져 보일 때도 있다.

그러나 그 가벼움은 그녀가 말놀이를 통해 삶의 절망과 고통을 견뎌내려는 방편이기도 했고, 기존의 문학사조와 가부장적 사회의 질서와 제도종교의 힘과 권위를 뒤집거나 느슨하게 만들어 빼보려는 전략이기도 했다.

스미스가 인간의 삶에서 타자성으로 여겨져 온 죽음을 삶 속으로 끌어들여 삶과 죽음을 일원화하고, 죽음을 친밀하게 여기고, 죽음의 자아해체성을 사랑의 구원력으로 여긴 점도, 죽음을 삶과 동떨어진 별개의 세계로 보는 서양의 기존 관념을 뒤집는 것이다.

여자는 대부분의 경우에서 단지 남자가 못된 결핍된 사람으로 여겨져 왔듯이, 죽음은 서구문학에서 삶이 끝난 후의 다른 존재 없음, 무력함, 부패, 그래서 두려움의 대상으로 부정시 되어왔다. 여자를 '남자의 대상에 불과한 객체' 로서의 여자가 아닌, 남자 주체와 똑같은 또 다른 의미 있는 주체로서의 여자로 여기는 자세는, 죽음을 삶과 동등하게 죽음 그 자체의 가치 있는 것으로 여기는 자세로 이어질 수 있다.

그녀가 죽음을 받아들이는 자세는 죽음마저도 삶의 경험의 일부로 받아들이는 여성 특유의 친화력을 강조한 포스트모던 여성주의적인 태도로 해석할 수 있다. 니체가 서구 형이상학에서 푸대접받아온 감성적인 것을 긍정함으로써 삶을 온전히 긍정했듯이,

스미스는 서구에서 크게 부정적으로 여겨져 온 죽음을 긍정했다.

그녀의 여성주의적인 시들은 당대의 지배담론을 뒤집어 전통설화의 가정이념적인 여성상과, 모더니즘의 남성중심주의와 형식적 권위의 시를 희화화 했다. 이와 비슷하게 기존의 권위적인 죽음의 심상은 그녀의 시에서 그녀의 긍정적인 죽음관에 의해 흩어져, 삶과 가까워지고 있다.

작품 소개

Friend?)

『전갈과 몇몇 시들』
- · 전갈(Scorpion)
- · 나귀(The Donkey)
- · 망각(Oblivion)
- · 검은 3월(Black March)
- · 오라, 죽음이여 2 (Come, Death 2)
- · 안녕히 주무세요(Goodnight)

『또 나야』(Me Again) (MA로 표기함)
- · 하나가(When One)
- · 아름다워라(Beautiful)

참고 서적

1. Stevie Smith

- *Tender Only to One*. London: Cape, 1938.
- *Mother, What is Man?* London: Cape, 1942.
- *Harold's Leap*. London: Chapman & Hall, 1950.
- *Not Waving But Drowning*. London: Deutsch, 1957.
- *Two in One: Selected Poems and The Frog Prince and Other Poems*. London: Longman, 1971.
- *Scorpion and Other Poems*. London: Longman, 1972.
- *The Collected Poems of Stevie Smith*. Ed., James *MacGibbon*. London: Allen Lane, 1975.
- *Me Again: Uncollected Writings of Stevie Smith*. Ed., J. Barbera & W. McBrien. London: Virago, 1981.

2. 비평서

- 구디슨, 루시. 『여자들의 꿈』. 김인성 옮김. 또 하나의 문화, 1997.
- 한국영미문학 페미니즘학회 엮음. 『페미니즘, 어제와 오늘』. 서울: 민음사, 2000.
- Civello, Catherine. *Patterns of Ambivalence: The Fiction and Poetry of Stevie Smith*. Columbia: Camden, 1997.
- Severin, Laura. *Stevie Smith's Resistant Antics*. Madison: U of Wisconsin P, 1997.
- Spalding, Frances. *Stevie Smith: A Critical Biography*. London: Faber, 1988. [SS로 표기함]
- Sternlicht, Sanford, Ed. *In Search of Stevie Smith*. Syracuse: Syracuse UP, 1991.

작가 연보

- 1902: 플로렌스 마가렛 스미스(Florence Margaret Smith)가 9월 20일 요크셔(Yorkshire), 헐(Hull)에서 에텔과 찰스 스미스의 둘째 딸로 태어나다.
- 1906: 아버지가 가족을 버리다. 어머니와 마가렛 이모와 몰리(Molly) 언니와 스티비는 런던 교외 팔머즈 그린(Palmers Green)으로 옮겨가서 그녀는 한평생 그곳에서 산다.
- 1907: 사립학교인 팔머즈 그린 고등학교와 유치원에 등록하다. 결핵성 복막염에 걸려 3년 동안 켄트 해안가 브로드스테어즈에 있는 야로우 요양원과 학교를 오가다.
- 1917: 북런던여자전문학교에 등록하다.
- 1919: 어머니가 죽다.
- 1920: 홀스터 부인의 비서훈련전문학교에서 6개월 과정을 마치다. 아버지가 재혼하다.
- 1922: "스티비"라는 별명을 쓰다.
- 1923: C. 아서 피어스 출판사 (후에는 뉴운즈, 피어슨 회사로 이름을 바꿈)에서 32년 동안의 비서 일을 시작하다. 언니가 집을 떠나다.
- 1924: 시를 쓰기 시작하다.
- 1929: 독일에서의 최초의 휴가.
- 1931: 두 번째 독일 휴가에서 첫사랑 칼 엑킹거를 만나다.
- 1932: 두 번째 애인 에릭 아미타즈를 만나다.
- 1935: 『뉴 스테이츠맨』 잡지에 6편의 시가 실리다.
- 1936: 소설 『싸구려 황색 소설』(*Novel on Yellow Paper*).
- 1937: 시집 *A Good Time Was Had by All* 출판.
- 1938: 소설 『국경을 넘어서』(*Over the Frontier*) 출간, 시집 *Tender Only to One* 출판.

- 1939: 2차대전 때 야간 공중공습 화재 지킴이로 자원봉사 시작하다.
- 1942: 조지 오웰과의 짧은 관계. *Mother, What is Man?* 출판
- 1949: 아버지가 죽다. 소설 『휴가』 *The Holiday* 출판.
- 1950: *Harold's Leap* 출판.
- 1953: 자살 기도하다. 회사를 그만두고 연금을 받다. 여러 해 동안 책의 서평쓰기를 시작하다.
- 1957: *Not Waving but Drowning* 출판.
- 1958: *Some Are More Human than Others: Sketchbook* 출판.
- 1959: 라디오 극 BBC 제작의 〈A Turn Outside〉 방송.
- 1961: 무릎관절 슬개골 수술.
- 1962: *Selected Poems* 출판. 시선집 출판.
- 1966: 촐몽드리 시인상. *The Frog Prince and Other Poems* 출판. *Penguin Modern Poets 8* 출판.
- 1968: 마가렛 이모가 96세의 나이로 죽다.
- 1969: 엘리자벳 2세에게서 시 금메달 상을 수상하다. *The Best Beast* 출판.
- 1971: 3월 7일 뇌종양으로 죽다.
- 1972: *Scorpion and Other Poems* 출판.
- 1975: *Collected Poems* 출판.
- 1977: 런던에서 Hugh Whitemore가 연극 〈Stevie: A Play from the Life and Work of Stevie Smith〉 제작.
- 1978: 글렌다 젝슨 주연의 영화 〈Stevie〉가 나오다.
- 1981: *Me Again: Uncollected Writings of Stevie Smith* 출판.

죽음을 그대의 팔베개 삼아

스티비 스미스 시세계

초 판 1쇄 인쇄일   2014년 8월 26일
초 판 1쇄 발행일   2014년 8월 31일

편 역   정영희
펴낸이   이정옥
펴낸곳   평민사
         서울특별시 서대문구 남가좌2동 370-40
         전화 (02)375-8571(代)
         팩스 (02)375-8573
         평민사(이메일) 모든 자료를 한눈에 ─
         http://blog.naver.com/pyung1976

등록번호   제10-328호

값   9,000원

ISBN   978-89-7115-607-0   03800